KB235239

장치와 치장
문학, 사회와 개인의 변주

푸른사상 교양총서 3

장치와 치장

문학, 사회와 개인의 변주

정 해 성

문학은 사회적 장치이다. 장치는 구조로서의 사회가 특정 목적에 의해 사용하는 도구이다. '장치'로서의 문학은 작가의 사회 변혁 의도의 유/무와 무관하게 사회적 메커니즘과 매뉴얼에 의해 활용된다. 사회는 문학이란 '장치'를 통해 지배 담론을 옹호하기도 하고, 저항 담론을 응원하기도 한다. 한편, 문학은 개인적 치장이다. 치장은 개인이 자신의 외모를 더욱 돋보이게 하려는 행위이다. '치장'으로서의 문학은 상대적으로 개인적 삶의 영역에 보다 중점을 둔다. 개인은 문학이란 '치장'을 통해 자신을 반성/성찰하기도 하고, 보다 아름다워진 자신의 모습에 자신감을 회복하기도 한다. '장치'와 '치장'으로서의 문학은 정합/부정합의 교차를 통해 다채롭고 조화롭게 변주한다.

개론(槪論)은 시작이기도 하지만, 완성이기도 하다. 개론은 자신의 영역에 대해 '이립(而立)' 없이는 감히 언급할 수 없다는 것이 내 생각이다. 공자께서는 배움에 뜻을 두신 지 15년 만에 스스로 일가견을 이루셨지만, 범인(凡人)인 나로서는 문학 언저리에 머문 지 이십 년이 지나도 '이립(而立)'이란 감히 꿈도 못 꿀 영역이다. 그럼에도 불구하고 '문학이란 무엇인가' 하는 내 나름의 '관(觀)'은 있고, 그것을 엄숙한 언어로 말하기보다는 구체적 작품을 통해 이야기하고 싶었다. 그런 의도에서 제1장을 작품을 통해 이야기하는 문학 개론으로 엮었다. 이는 더불어 내 문학 세계의 여정이기도 하다. 여고시절 「별」에 펼쳐진 눈부신 감성에 매혹되어 문학의 세계에 발걸음을 내딛는다. 파란만장한 이십대엔 문학에 펼쳐진 고뇌의 격랑 속에 함께 휩싸이기도 했다. 이후 문학을 통해 남 인생의 박자가 아닌, 내 삶의 고유한 박자의 소중함을 인지한다. 나아가 '나'와 '너'가 공존할 뿐 아니라 서로에게 기쁨과 희망이 되는 유토피아를 문학을 통해 꿈꾼다.

2장은 개인적 고뇌를 펼친 작품을, 3장은 그에 대한 문학적 해답을 제시한 작품들이다. 완벽하게 행복한 삶, 모든 것이 이루어지는 유토피아는 지상에 존재하지 않는다. 각 개인들은 이루어지지 않은 사랑의 슬픔, 예정된 죽음에 대한 두려움, 존재의 무력감과 허무함, 외로움… 등등 인생을 살아가다보면 어쩔 수 없이 상황에 절망하고, 자신과 타인에 대해 환멸을 품는다. 개인적 고뇌의 출구는 개인적 결단에 달려 있기에 마음먹기에 따라 있을 수도, 없을 수도 있다. 문학은 때로는 진정한 사랑과 사귐, 타자에 관한 연민과 환대로, 체념을 포함한 초월로 평안과 안식을 찾을 수 있다는 것을 험난한 삶의 정답 아닌 해답으로 제안한다.

4장은 사회의 구조적 모순의 양상들을, 5장은 사회적 모순에 관해 작품 속에 형상화된 해결 방책들이다. 사회는 우리들을 불안하게 한다. 구획 짓기가 분명하고, 그로 인한 차별이 존재하기 때문이다. 구획의 잣대는 너무나 다양하고, 세분화되어 있다. 초인이 되지 않고서는 그 모든 분야에서 우위를 점할 수 없다. 특정 분야에서 우위를 점했다고 해서, '차별'을 받지 않는 사람은 없다는 말이다. 그래서 '그들'도 불안하고, '그녀들'도 불안하다. 노력으로 해소되는 불안은 한계가 있고, 나와는 무관한 타인과 세계의 폭력들은 단 한 번뿐인 '나'들의 소중한 삶에 무차별적 폭격을 가한다. 타자와 소통할 수 있는 '창'은 굳게 닫혀 있기에, 사회 속에 우리는 좌절한다. 문학은 이러한 좌절과 절망을 극복하기 위해, 사회 구조적 모순의 경감 및 개선을 위해 지식인의 역할을 일깨우고, 공존 가능한 '자기 환상'을 가져야 하는 이유와 방안을 제시하고, '이성'의 '이성' 그리고 세상과 타인에 대한 신뢰를 회복할 것을 명하기도 한다.

6장은 사회 속에서 '차이'를 지닌 개인들이 상호 조화롭게 공존할 가능성에 대한 문학적 모색들이다. 인간은 사회적 존재이기에 개인의 꿈들은 주로 타인과의 관계에서, 사회 속에서 실현된다. 그 과정에서 각 개인은 타인과 마찰을 야기하기도 하고, 나약한 힘으로는 어쩔 수 없는 거대한 사회 속에서 함몰되기도 한다. 문학은 이에 대해 지속가능한 사회를 향한, 좀 더 거시적이고 영속적인 꿈이란 대안을 제시한다. 그리하여 각 개인들은 자신의 '꿈'을 위해 '치장'을 하고, 그 '치장'의 차이들은 상호 조화롭게 공존하면서 사회 '장치'들을 하나하나 구축해 간다. 문학은 그 수많은 사회 '장치'들 중 하나이다. 각 개인은 '치장'을 통해 세대, 나이, 성적 기호, 종교관 등 모든 '차이'를 보이지만, 그 모든 '차이들'은 상호 존중을 해야 한다. 서로를 '차별화'하여 억압하고 배제해서는 안 된다. 그 억압과 배제는 결국 부메랑이 되어 자신의 존립 기반을 흔들기 때문이다. 문학이란 장치는 현실에 존재하는 엄연한 차별을 무화(無化)시킴으로써, 보다 많은 인간들이 자유롭고 능동적인 삶을 누리는 이상적 유토피아를 우리에게 제시한다.

항상 자신과 세계에 대해 새로운 가능성과 희망을 품기에, 각 인간은 경이로운 존재이다. 부와 지위에 대한 갈망으로 허덕이며 사는 사람들, 권위주의에 젖어 자기 환상과 보다 높은 권위에 대한 콤플렉스를 동전의 양면처럼 동시에 가지며 평생 천박한 삶을 사는 사람들은 대한민국의 다수가 아닌 극소수이다. 내가 존중하고 존경하는 분들은 위인전이나 자서전의 주인공이신 이들 극소수가 아닌, 나와 같은 대다수의 서민들이다. 각박하고 빠듯하고 때론 막막한 삶, 이것이 현대 한국 사회에서 생존하기 위해선 어쩔 수 없이 살아가는 '나'와 '너'의 삶이다. 하지만 우리 서민들의 선량함과 위대함은 선거철이나 연말/연시 같은 특정시기에만 하는 홍보용 봉사활동이 아니라, 일상의 삶속에서 생활화되어 있다. 우리 서민들은 '나'도 힘들지만 똑같이 힘든 '너'를 위해 가족 이기주의에서 벗어나 일상 속에서 타자에 공감하고 배려하며, 그들을 지향한다. 보다 많은 '우리'들의 풍요와 평안 그리고 행복을 지향하는, 우아하고 고귀한 삶이다. 매일 같이 쏟아지는 끔찍하고 흉측한 소식 속에서도 희망을 잃지 않고, 보다 나은 우리의 내일을 향해 스스로를 연마한다. 이 모든 분들을 향해 내가 가진 문학에 대한 소박한 이야기를 풀어 본다.

이 책은 문학 평론이 아닌, 좀 더 쉽고 익숙한 언어로 내가 경험한 '문학' 세계를 풀어 보는 문학 에세이다. 대상 텍스트 역시 모두에게 익숙한 텍스트 절반, 문학 전공자의 입장에서 추천하고자 하는 텍스트를 나머지 절반으로 채웠다. 지금의 '나' 됨엔 수많은 사회적 관계가 유기적으로 얽혀 있음을 잘 안다. 나 한사람 문명의 이기를 누리며, 하루하루 안전하게

살아가는 것은 오랜 세월에 걸친 많은 사람들의 노력과 희생의 산물임을
잘 안다. 그래서 항상 부채감을 느끼며 살아야 함을 안다. 이 책은 그 부
채감의 결과물이다. 이 책이 나오기까지 격려와 응원을 아끼지 않은 모든
분들, 그리고 푸른사상 출판사에 진심어린 고마움을 전한다.

2012. 3.
정 해 성

: : **차례**

제3장 치장으로서의 문학 2
－개인 삶의 안식으로서의 문학

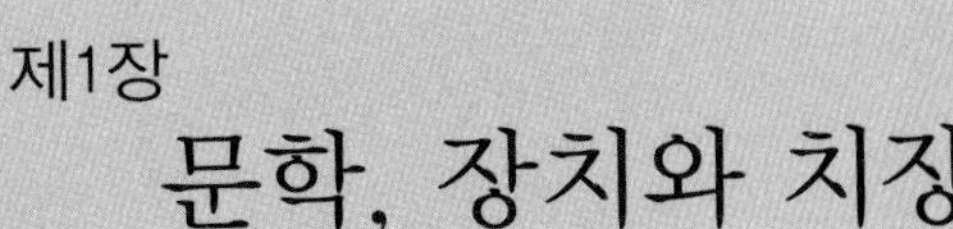

제1장
문학, 장치와 치장

제1절 '실낙원'에서 '영원'으로

알퐁스 도데, 「별」

1. '있음직한' 현실 vs '있는' 현실

문학에 완전 문외한이었고, 문화에 전혀 관심 없었던 청소년기의 나는 무념무상, 즉 개념도 생각도 없는 단순무식과에 속했었다. 자랑할 일이 못 될 뿐 아니라 창피하기 짝이 없는 사실이지만, 고백하건대 난 스무 살이 될 때까지 소설이 완전 '뻥'이라는 사실을 몰랐을 정도가 아니라 상상조차 못했다. '현실에 있음직한 일은 작가가 상상하여 꾸며낸 글'이란 소설의 정의를 달달 외우고 있었던 나름 모범생이었지만, 1인칭 소설이 지닌 위력 때문이었을까? 〈사운드 오브 뮤직〉의 '마리아'가 실제 인물이듯, 중국 정원사엔 당연히 '등신불'도 있을 줄 알았다. 고등학교 2학년 1학기 국어 교과서에 실려 있던 알퐁스 도데 「별」의 '내가 뤼브롱 산에서 양을 치고 있을 때의 이야기입니다'라는 목동의 고백 역시 여고생인 내겐 꾸며낸 허구가 아닌 엄연한 현실이었다.

모든 고백엔 신비로운 마력이 깃들어 있다. 첫사랑의 고백, 그것도 인생 살만큼 산 사람이 이야기하는 첫사랑의 고백은 자다가도 벌떡 일어날 만큼 듣는 사람의 호기심을 자극한다. 나름 모범생이었던 난 2학년 1학기 국어시간에 선생님 설명을 들은 기억이 전혀 없다. 그건 다 알퐁스 도데의 소설 「별」 때문이다. 큰 키로 항상 제일 뒷자리에 앉았던 난, 어리석게도 지정학적 조건에 의해 선생님의 시선으로부터 자유롭다고 믿고 있었다. 일주일에 다섯 번이나 되는 국어시간만 되면, 난 진도와 무관하게 알퐁스 도데의 「별」만 읽고 또 읽었다.

2. 알퐁스 도데 「별」 vs 나의 「별」

모닥불에 모여 앉은 친구들을 향해 스무 살 첫사랑을 고백하는 나의 목동은 적어도 예순은 되었을 게다. 투박한 손엔 세월의 흐름이 가차 없이 새겨져 있겠지만, 목동의 눈빛만큼은 「별」의 마지막 장면처럼 설렘과 사랑으로 여태껏 반짝이고 있을 게다. 스무 살 목동이 아는 세상은 '십 리'가 전부이고, 자신의 첫사랑 스테파네트 아가씨는 그 '십 리' 내에서 가장 아름다운 사람이다. 목동에게 '십 리'는 코스모스의 우주적 질서가 존재하는 완전한 공간, 세상의 처음이자 끝이다. 그 '십 리' 안에서 스테파네트 아가씨는 목동에게 하늘의 '별' 같은, 천상의 존재이다. 목동은 설레지만 오랜 연륜에 의해 절제된 목소리로 스테파네트 아가씨에 대한 연모의 감정·아가씨가 나타났을 때의 설렘·짧은 만남 이후 이별의 여운·운명 같은 재회와 교감의 순간·별빛의 수호 아래 순수함을 지켜나갈 수 있었던 순간을 감칠맛 나게 기술한다.

도데의 「별」에서 내게 가장 감동적인 장면은 목동과 스테파네트 아가씨가 이별하는 순간이다. 우리의 영악하기 짝이 없는 '야시' 스테파네트 아가씨는 목동의 보름치 식량을 나귀에 싣고 와서 목동의 평온한 일상과 내면을 뒤엎는다. 목동에게 '여자친구', '선녀' 등 짓궂은 농담을 하며 목동의 난처함을 즐기던 스테파네트 아가씨는 자신이 던진 웃음소리의 여운이 사라지기 전 마을로 내려간다. 아가씨의 출현에 영혼을 완전히 점령당한 목동은 아가씨를 태운 나귀의 발에 채이는 돌멩이 소리가 완전히 사라졌음에도 불구하고 한나절이 지나도록 손가락 하나 움직이지 못한다. 아가씨의 출현으로 술렁거린 영혼의 울림, 어쩌면 생애 두 번 다시 주어지지 않을 순간의 그 느낌을 오래오래 간직하려는 목동의 간절함 때문이다. 목동의 간절함에 깊이 공감한 나 역시 그 구절을 숨 죽여 가며 손가락 하나 까닥 못한 채 조심조심 읽어 나갔던 기억이 지금도 선하다.

세월이 흘러 난 목동의 첫사랑이 현실 속의 사건이 아니라, 단지 작가가 지어낸 허구에 불과하다는 것을 알게 되었다. 상당히 서운하고 허전하기도 했지만, 그럼에도 불구하고 도데의 「별」은 여전히 내 맘속에서 반짝거린다. 그 별과 같은 존재가 바로 소설이고, 그 별이 바로 내가 소설을 읽는 이유이다. 성인이 된 나는 내가 살아가는 현실이 결코 「별」이 못 됨을 잘 안다. 혼탁한 세상의 일원인 나 또한 소설 속 인물인 목동이 지녔던 순수함과 섬세함은 상실한 지 오래다. 그러나 소설을 읽는 그 순간만큼은, 아니 어떤 계기로 소설이 환기되는 그 순간만큼은 난 '목동'이 된다. 소설이 허구임을 구분하지 못했던 여고생처럼, 그 순간만큼은 현실과 이상 그리고 사실과 진실을 애써 구분하려 하지 않는다. 그리고 그 짧은 순간 나는 문학적 진실과 이상 속에서 낙원을 누린다.

3. '있음직한' 현실의 실현을 위하여

　루카치는 근대인은 낙원을 잃었을 뿐만 아니라, 낙원으로 인도해 주는 별빛 또한 잃었음을 지적한다. 라캉은 낙원이란 끊임없이 대체되는 환유로서의 욕망이기에 결코 충족될 수 없고, 자아는 영원한 결핍 속에서 허덕이게 된다고 우리에게 독설을 퍼붓는다. 어쩌면 그것이 진리일 수도 우리가 살아가는 현실일 수도 있지만, 위대한 인간 정신은 문학을 비롯한 예술 작품을 통해 남루한 현실에서 비상을 꿈꾼다. 현실적이고 실용적 관점에서 본다면 '문학'이란 특수한 경우를 제외하고는 세상을 풍요롭게 살아갈 이윤과 이해를 가져다주지 못한다. 문학은 동어반복적인 주제, 이미 알고 있는 진부한 내용들을 판본만 바꿔가면서 제시한다. 그럼에도 불구하고 나를 비롯한 수많은 사람들을 문학의 언저리에서 맴돌게 하는 이유는 바로 문학이 가져다주는 꿈, 유토피아를 향한 갈망이다. 괴테는 '파우스트'에게 여성적인 것이 '영원'을 꿈꾸게 한다고 말한다. 나에겐 알퐁스 도데의 「별」이 '영원'을 꿈꾸게 한다. 지금도 여전히 나의 마음속에서 반짝거리는 「별」이 내게 '영원'을 꿈꾸게 함으로써, 가혹한 현실 속에서 비상할 힘을 가지게 한다.

제2절 '아웃사이더'의 반어적 서정

고산 윤선도, 「오우가」

1. 탈(脫)안식처로서의 문학

문학을 좋아하는 대다수의 사람들이 선택하는 글들은 알퐁스 도데 「별」이나 윤동주 「별 헤는 밤」 등과 같은 작품들이다. 작품에 펼쳐진 서정적 언어와 분위기에 의해 우리는 지저분한 일상에서 눈을 들어 천상을 갈망한다. 그 소망과 감동으로 박동치는 심장의 떨림을 들으며 탈일상과 낙원을 꿈꾸게 하는 것이 문학이다. 딱 여기까지만 느낄 때 문학은 한 개인에게 확실한 피난처이고 안식처가 된다. 그러나 감수성 예민하고 훈련된 독자는 더 나아가 작품을 통해 작가의 삶과 고뇌를 엿보게 된다. 이러한 경지에 도달하면 문학은 더 이상 안식처가 될 수 없다.

상처가 없는 작가는 존재하지 않는다. 결핍이 없는 작가도 존재하지 않는다. 타인보다 많이 보고, 깊이 사유하고, 많이 소망하기에 작가가 된다. 콜린 윌슨이 지적한 것처럼 작가는 세상의 주류에서 벗어난 '아웃사이더' 이다. 독자가 작품의 서정적 언어 이면에 숨겨진 작가의 번뇌에 감정 이

입이 되면, 그는 '영원' 아닌 '절망의 심연'을 경험하게 된다. 내겐 고산 윤
선도의 연시조 「오우가」가 바로 그러한 작품이다.

2. 고통의 삶 vs 아름다운 서정시

오우가

윤선도

내 벗이 몇인가 하니 수석과 송죽이라
동산에 달 오르니 그 더욱 반갑구나
두어라, 이 다섯 외에 또 더하여 무엇하리?

구름 빛이 깨끗하지만, 검기를 자주 한다.
바람 소리 맑다 하지만, 그칠 때가 많도다.
깨끗하고 그칠 적 없는 것은 물 뿐인가 하노라

꽃은 무슨 일로 피자마자 곧 떨어지고,
풀은 어찌하여 푸른 듯하다가 곧 누르나니
아마도 변치 않는 것은 바위뿐인가 하노라

더우면 꽃 피고, 추우면 잎 떨어지거늘
소나무야, 너는 어찌 눈서리를 모르느냐
구천에 뿌리 곧은 줄을 그로 인해 아노라

나무도 아닌 것이, 풀도 아닌 것이
곧기는 누가 시켰으며, 속은 어찌 비었느냐
저렇게 사계절 푸르니 그를 좋아하노라

작은 것이 높이 떠서 만물을 다 비취니
밤중에 광명이 너 만한 것이 또 있느냐?
보고도 말 아니하니 내 벗인가 하노라.

평범한 사람들도 '내 인생을 책으로 엮으면 소설 몇 권'이라는 말을 한다. 대다수 사람들의 삶엔 드라마틱한 굴곡과 역정이 있다는 말이다. 조선 광해군에서 인조반정, 병자호란을 거쳐 효종조에 이르기까지 역사의 격동기를 산 고산 윤선도의 삶은 문자 그대로 '파란만장'한 삶이었다. 관직 제수와 파직, 유배 등이 지속적으로 반복되는 삶 속에서 그는 국문학 사상 '우리말의 아름다움을 잘 살린' 수작인 시조들을 창작한다. 고산 윤선도는 '시조문학의 대가'로 국문학사에 자리매김하고 있다. 연시조 「오우가」는 윤선도의 작품 가운데서도 그의 험난한 삶의 굴곡을 전혀 느낄 수 없는, 단순히 자신이 좋아하는 다섯 벗의 내면을 기술한 아름다운 서정시이다. '물'의 영원함, '바위'의 불변성, '소나무'의 지조, '대나무'의 무욕, '달'의 과묵과 밝음을 좋아한다는 당시 사대부들의 보편적인 주제 '강호한정'과 '영물(詠物)'를 결합한 노래 가사가 바로 「오우가」이다.

아름다운 서정시 「오우가」에서 나는 정말 신기하게도 윤선도가 자신의 호를 '고산(孤山)'이라 지을 수밖에 없었던 이유가 읽혀진다. '염량세태(炎凉世態)'의 세상과 타인에 대한 환멸을 지녔기에 무생명체인 사물들에게 집착하고, 그들에게 위로를 구한 윤선도의 생애가 그려진다. 그리고 그의 생에 안타까움과 연민을 느낀다. 굳이 격동기가 아니어도 정치계에선 아니 모든 조직에선 '어제의 동지가 오늘의 적'이다. '영원한 충성', '변함없는 사랑' 이따위는 '개 정도 되시는 분이나 물어가서 실천할' 덕목일 뿐이다. '개만도 못한' 세인들이 부와 권력에 대한 욕망으로 타인의 없는 잘못까지 만들어 헐뜯음으로써 타인의 삶을 무참히 밟아 버리는 이전투구의 현장이 바로 세상이다. 그 세상의 정점인 정치계에 환멸을 느낀 윤선도는 「오우가」에 이러한 세상과 세인과 대비되는 '5友'를 하나하나 스스로의 마음에 새기며 자기 최면을 건다. '두어라, 이 다섯 외엔 더

하여 무엇하리'라는 체념 속에서 난 윤선도의 달관으로서의 체념이 아닌 절규를 넘어선 체념을 듣는다.

　윤선도는 나면서부터 자폐증이 있어서 세상을 등지고 자연물 속에서 안식을 찾은 존재는 아니었다. 출사를 하면서, 관직에 임하면서 그는 세상을 바꾸려는 꿈을 품었을 것이다. 그러나 정적들과의 세력다툼에 밀려서 몇 번의 유배를 떠나면서 윤선도는 정치의 현주소를 자각했을 것이다. 유배지에서 수많은 좌절을 겪은 윤선도는 이후 주어지는 관직도 수없이 고사한다. 그럼에도 불구하고 새로이 임금의 부름을 받을 때 그는 이번만은 전과 다르리라는 기대 또한 품었을 것이다. 개혁을 꿈꾸는 자는 권력의 핵심에서 살아날 수가 없는 것이 조선 사회였다. 조광조가 그러했고, 개혁군주의 정조 또한 현실에서 패배했다. 자신이 속한 사회에 대한 환멸, 세상을 바꿀 수 없는 자의 무력감과 절망…. 고산(孤山) 윤선도는 외로운 산속에서 오직 다섯 벗만 가까이 하며 「오우가」를 통해 고독하게 흐느끼고 있었다.

　우리는 누구나 자신을 알아주는 '지음(知音)'으로서의 벗을 찾아 나선다. 아무리 뛰어나고 잘생기고 부유하다하더라도 거시적 관점에서 보자면 결국 '오십보 백보'에 불과한, 그저 세상에 내던져지고, 죽음을 앞둔 나약하고 유한한 존재가 인간이다. 비록 내가 거문고의 거장 '백아(伯牙)'와 같은 재능은 갖지 못하지만 자신의 재능과 세계를 있는 그대로 이해하고 품어줄 친구, 유한자로서 서로의 나약한 얼굴을 바라보는 것만으로도 위로가 되는 레비나스적 '타자'는 모든 이들이 갈망하는 대상이다. '지음'을 찾을 수 없었던 고산 윤선도는 그의 문학을 통해, 절망이 절제된 서정시 「오우가」를 남긴다.

3. 문학, 역설과 반어의 이중주

　문학은 유토피아를 추구한다. 그 어떤 유토피아도 손쉽게 주어지지 않는다는 것, 세상에 공짜로 주어지는 것은 아무 것도 없다는 것을 우리는 이미 잘 알고 있다. 문학이 추구하는 유토피아에 도달하기 위해, 개별 작품들은 현실과 인간의 추악한 내면을 직접적으로 혹은 우회적으로 심층 해부한다. 무한히 아름답고 환상적인 것만이 문학인 것은 아니라는 말이다. 평안을 위해 고통에 직면하고, 공존을 위해 고독을 선택하는 반어적이고 역설적인 존재가 바로 문학이다.

　또한 문학 작품이란 작가의 생애와 감정, 사상의 산물이다. 그러기에 문학이란 아름답고 투명한 그래서 순진무구한 언어 그 이면엔 작가의 뼈저린 생애와 고뇌가 깃들어 있다. 문학은 언어적 미학과 고뇌의 절규가 동전의 양면처럼 공존하는 이중주이다. 그 이중주의 조화와 이면에 감춰진 울림의 깊이를 제대로 감지할 수 있을 때, 우리 독자의 삶 또한 심오한 울림으로 보다 충만하게 된다.

제3절 유토피아에서 추방당한 아담의 절규

장정일, 「아담이 눈 뜰 때」

1. 예술의 본능, 유토피아 추구

중독자는 위험한 존재다. 중독자는 판돈은 물론 손목, 장기, 가족의 안위, 심지어 목숨까지도 담보로 건다. 죽음을 예감하면서도 중독된 그는 훌훌 털고 판을 떠나지 못한다. '섶을 지고 불 속에 뛰어드는' 무모함에 스스로 경악하나, 브레이크는 이미 고장이다. 삼차원 세상에 존재하는 중독자에게 후진은 허용되지 않는다. 이 때 해결책은 오직 하나뿐이다. 그것은 바로 중독된 대상에서 구원의 길을 모색하는 것이다.

문학 중독 역시 위험하다. 문학소녀/소년 시절엔 그 위험성을 절감하지 못한다. 달콤한 환상이든, 어줍잖는 겉멋이든 초콜릿 광고 문구처럼 문학과 함께라면 '고독마저도 감미'롭다. 그 시절을 지나 문학을 생의 과업으로 삼게 되면 첫사랑의 환상이 벗겨지면서 문학에 내재된 음험한 위력을 감지한다. 더할 나위 없이 아름다운 서정시 「오우가」에서 작가 윤선도의 절절한 외적 방황과 내적 고독이 읽혀지는 독자는 문학의 폭력적

위력에 맨손으로 내던져진 자들이다. 훈련된 독자들은 문학에 의해 고뇌에 휩싸이고, 작품 속에 형상화된 작가들의 고통에 웃고 운다. 시간이 흐를수록 문학에 대한 중독은 심화된다.

문학 중독자들은 책을 가까이 하면 할수록 우울과 불면의 나날을 보낼 줄 알면서도, 손에서 책을 놓지 못한다. 그리고 책을 통해 형상화된 인물, 그 이면의 작가와 부조리한 세상과 함께 절규한다. 그 절망의 심연 속에서 문학 중독자는 해답과 구원을 찾으려 한다. 즉 유토피아를 꿈꾼다. 유토피아 추구는 문학을 비롯한 예술의 본질과 맞닿아 있다. 옥타비오 파스의 시처럼 유토피아란 '지금 이곳'은 아니지만, '내일 저곳'에는 꼭 낙원이 있을 것만 같다. 매 순간이 지옥이지만, 그래도 문학 중독자는 유토피아를 향한 유일한 희망의 끈인 문학을 놓을 수 없다. 유토피아에서 쫓겨난 '아담'의 절규, 그 이후 문학을 통한 유토피아에 대한 갈망을 고스란히 담고 있는 장정일 장편 소설 「아담이 눈 뜰 때」는 바로 이 문학 중독자에 관한 이야기이다.

2. 유토피아 탈환을 시도하는 아담

'아담'은 재수생이다. '아담'은 87년 민주화 투쟁 이후 3김의 분열로 군부독재가 지속되는 대한민국의 정치적 현실에 배신감을 느낀다. 정치로는 자신이 생각하는 유토피아를 이룰 수 없음을 너무 빨리 각성한 '아담'이 세상으로부터 얻고자 하는 전부는 뭉크 화집(미술), 턴테이블(음악) 그리고 타자기(문학)'뿐'이다. '아담'은 예술을 통해 정치적 현실에서 받은 상처를 치유할 유토피아를 이룰 수 있을 것으로 기대하고, 긴 여정을 떠난다.

그러나 공짜 없는 세상에서 이 세 가지를 얻기 위해 '아담'이 지불한 대가는 가히 천문학적이다. 누드 모델료와 화대로 손에 넣은 뭉크 화집엔 〈사춘기〉라는 작품이 찢겨져 있었던 것처럼 '아담' 인생의 '봄' 역시 갈기갈기 찢겨져 버려진다. 남색가에게 몸을 준 결과로 받은 턴테이블에서 존 레넌을 들을 수 있게 되지만, 음악을 함께 들은 여자 친구가 자살한다. 아담은 미술과 음악 두 테이블에서 자신이 가진 '판돈'을 모두 잃었다. 아담이 순수함, 유년기, 사랑을 잃고 얻은 화집과 턴테이블은 유토피아로 인도할 예술이 아닌, 꼭 필요한 것이 결핍되었기에 새로운 것을 욕망할 수밖에 없는 허상뿐인 유토피아의 거짓 대체물일 뿐이었다. 그제서야 '아담'은 자신과 세상을 직시한다. 자신은 이미 '낙원'에서 쫓겨난 '아담'이고, 예술을 통해 도달하고자 하는 '낙원' 또한 '가짜 낙원'임을 자각하고 절규한다.

<blockquote>
한 밤에 비명을 지르고 일어나 앉아, 나는 쿨쩍 쿨쩍 울기 시작했다. (…중략…) 가짜 낙원에서 잘못 눈을 뜬 아담처럼, 내 이브는 창녀였으며, 내 방은 항상 어둡고 습기가 차 있다. 어쩌다 책이 썩는 냄새를 없애려고 창문을 열면, 네온의 십자가 아래서 세상은 내방보다 더 큰 어둠과 부패로 썩어지고 있다. 나는 내가 눈을 뜬 가짜 낙원이 너무 무서워서 소리 내어 엉엉 울었다.
</blockquote>

지하철 화장실 청소를 하며 생계를 이어가는 어머니께 기나긴 통곡으로 고해성사를 한 '아담'은 기존 세계에 대한 거부와 저항을 멈추고 현실 질서에 순응해 국립 서울대에 합격한다. 그러나 이미 예술 세계에 중독된 '아담'은 자신이 타협한 현실 질서의 귀결인 '대구은행 앞에서 탬버린 치던 남자'를 떠올린다. 아담은 그가 일류대를 졸업하고 엘리트가 되어 출세했지만, 자본주의라는 체제에 이용만 당하다 결국 토사구팽당해 미쳐서 내동댕이쳐진 남자라고 생각한다. 그리고 자신의 미래 또한 그 남

자와 별다르지 않을 것이라고 생각한다. 그래서 아담은 또다시 현실 질
서에서 탈주한다.

　　결론부터 말하자면 나는 등록을 하지 않았다. (…중략…) 등록금을 외투
　안깃에 넣고 대학으로 가는 도중에 탬버린 치는 남자가 머리에 떠올랐던 것
　이다. (…중략…) 한없이 느리고 덜그덕거리는 보통 열차를 타고, '고향 앞으
　로 갓'을 하면서, 나는 내가 대학에 다니거나, 번역문학가, 혹은 문학평론가
　가 되는 것보다 큰일을 할 수 있으리란 생각에 빠졌다. 나는 작가가 될 수 있
　을까? 문장을 쓴다는 것은 고통스러운 일일 것이다. 그것은 온 몸으로 이 세
　계의 가속도에 브레이크를 거는 일일 것이며, 그러기 위해서는 내 존재의 의
　미를 끊임없이 반추해 되새겨야 할 것이다. 문장을 쓰는 일에서 나는 내가 그
　토록 원했던 '창조의 아픔'을 누릴 수 있을 것이다. 그 고통은 가짜 낙원을 단
　호히 내뿌리치고 잃었던 낙원, 실재, 진리를 되찾는 데 쓰이는 아픔이다.

　아담은 이 괴물 같은 세계, 성찰 없는 성장만이 유일한 생존인 자본주
의 사회에서 자신은 한낱 부품에 불과한 존재임을 깨닫는다. 실컷 부려
먹다가 이용가치가 사라지면 폐기 처분될 부품으로, 결국 미쳐 탬버린
치던 남자처럼 살아갈 자신의 앞날을 예견한다. 가짜 유토피아를 자각하
고 타협한 현실 질서 역시 자신이 찾는 낙원이 될 수 없음을 깨닫고, 아
담은 작가가 되기로 결심한다. 작가가 되는 일은 실존적 가치를 깨닫게
되고, 자본주의의 파시스트적 속도에 브레이크를 거는 위대한 저항이기
에 아담은 자신의 글 속에서 '낙원, 실재, 진리'를 찾을 수 있음을 확신한
다. 그리고 문학이란 테이블에 앉아 자신이 가진 마지막 판돈을 건다. 피
조물인 '아담'에서 벗어나 그 스스로 감히 '창조주'(작가)가 되어 유토피
아를 창조할 원대한 야망을 품는다. 신이 창조한 '낙원'에서 쫓겨나고,
세상이 창조한 '가짜 낙원'에서 절망한 '아담'은 '자신의 낙원'을 창조하
기로 결심한다. '세상의 가속도에 브레이크를 거'는 글을 쓰기 위해, 그

토록 원하는 '창조의 아픔'을 누리기 위해 그는 대학 등록금의 '일부분'을 덜어 타자기(문학)를 구입하는 것으로 소설은 끝맺는다.

3. 유토피아의 두 얼굴

생텍쥐페리 「어린왕자」엔 누구나 아는 보아뱀 이야기가 나온다. 코끼리를 삼킨 보아뱀을 보고 어른들은 단순히 '모자'라고만 한다. 아이는 '코끼리를 삼킨 보아뱀'을 보고 '모자'라고 말하는 어른들을 보며, 중요한 것은 보이지 않는다는 결론을 내린다. 이미 꿈을 상실한 성인들은 '있는 현실', '보이는 것만의 현실'만을 보기에 유토피아를 꿈꾸지 않는다. 모자는 모자일 뿐이다. 그러나 비록 현재엔 보이지 않지만, 내 영혼과 가슴이 느끼는 갈망이 있기에, 즉 꿈이 있기에 우리는 인간이다. 유토피아를 꿈꾸는 인간은 '있는 현실' 속에서 '있어야 하는 현실'을 이루기 위해 성찰하고, 기획하며, 진보한다. 유토피아적 사유는 '있는 현실'과 '있어야 하는 현실'의 간극 속에서 싹튼다. 비록 가시적이진 않지만, '있어야 하는 현실'을 지향하는 심장의 박동이 인간의 삶을 추동한다.

'어디에도 없는 곳'이라는 의미의 유토피아(Utopia)는 '없다(ou)'와 '장소(topia)'를 결합한 그리스어에서 비롯되었다. 이 '유토피아'는 토마스 모어(Thomas More)가 1516년 출간한 「최선의 국가 상태에 관하여, 그리고 유토피아라는 새로운 섬에 관한 즐거움 못지않게 유익한 황금의 저서」라는 소설에서 처음 사용된다. 당시 유토피아에 대한 해석은 각 사상가들에 의해 다양한 용어 및 태도로 사용되었지만, 토마스 모어는 '이상적인 정치 공동체', '이상향'을 지칭하는 말로 처음 사용한다. 토마스 모어의 유토피아는 역설적이다. '이상적 공간'이지만, '어디에도 없는 곳'이기에 긍정적인 동시에 부정적이다.

이후 나침판의 발명과 항해술의 발전으로 아틀란티스 및 에덴동산과 같은 공간 유토피아의 부재가 현실적으로 증명되면서 '유토피아'는 문자 그대로 부재하는 공간임이 공표된다. 그로 인해 서양 철학과 사회학계에서는 유토피아에 관해 노골적인 비판이 유행한다. 몬타누스(F. Montanus)는 '유토피아 정치는 현실에 낯선 것', 프랜시스 베이컨(F. Bacon)은 '모리배로서의 정치꾼들을 일소하겠다는 이상은 유토피아로 보내야한다(불가능한 것)', 맨더빌(B. de Mandeville)은 '근심도 고통도 없는 나라는 머릿속에 자리 잡은 공허한 유토피아' 등의 말들로 유토피아의 비현실성과 환상성을 비판했다. 유토피아에 관해 부정적 의식을 가지기는 프랑스나 독일을 비롯한 대륙에서도 마찬가지의 상황이었다. 괴드빌(N. Gueudeville)은 최초로 「유토피아」를 불어로 번역 출판하면서 '구습'이란 말로 유토피아를 공격하였으며, 독일의 칸트 역시 '유토피아적 국가가 완성될 것이라 희망하는 것은 한갓 보랏빛 꿈에 불과한 것으로 단지 생각만 할 수 있는 것'으로 규정한다. 19세기 마르크스와 엥겔스 등의 사회학자 역시 '사회의 제 모순을 해결하려는 모든 역사적 시도들은 역사 발전을 부정하는 유토피아적 구상'이란 용어를 통해 볼 때 유토피아는 부정적 의미로 사용되었음을 알 수 있다. 20세기 독일의 사회학자 하버마스 역시 「새로운 불확실성」에서 '유토피아는 현실적 제도가 아닌, 형이상학적 접근을 통해 가치가 확보되는 경우에만 정당하다'고 주장함으로써 이상적 실천과 윤리적 요청 사이의 역설, 현실 불가능한 것으로 규정된다.

휴머니즘적 정신을 반영한 종교적 관용·평화주의·평등의 개념을 기초로 구축된 유토피아, 모든 사람들이 지니고 있는 보다 나은 삶에 관한 보편적 꿈으로서의 유토피아, 유한자적이고 무상한 인간 삶을 추동하는 동력으로서의 '유토피아'는 칼 만하임(K. Mannheim)과 에른스트 블로흐 (E. bloch)에 의해 부활한다. 만하임은 '유토피아'의 복권을 위해 우선 '이 데올로기적 관념'과 '유토피아적 관념'을 구별한다. '이데올로기적 관념' 은 '허위의식으로서의 이데올로기로, 실제로 존재하지 않는 상황에 초월 한 관념'이지만, '유토피아적 관념'들은 '그 자신의 개념을 통하여 현존하 는 역사적 실재를 다른 것으로 변형시키는 반작용을 통해 계승되는 것' 으로 규정한다. 즉 '유토피아'는 그 실재성이 현실 속에 실천되기 위해서 는 현재를 비판하는 '반작용'을 통해 계승된다는 점에서 지배를 용이하 게 하기 위해 구성된 '허위의식'인 '이데올로기'나 '초월적 몽상'과 구별 된다. 이러한 만하임의 사회적 개념으로서의 '유토피아'에 대해 에른스 트 블로흐는 사회주의뿐만 아니라 '과학 기술'과도 결합하여 '시간 유토 피아'의 양상으로 인간 스스로가 주체가 되어 '유토피아'를 이 땅에서 구 체적으로 구축할 것을 주장한다. 특히 블로흐는 '억압으로부터의 자유', '빈곤으로부터의 풍요'라는 유토피아 사유의 구체적인 두 기둥을 인류의 유토피아, 즉 '희망의 원리'로 제시한다. 이를 통해 블로흐는 실증주의적 경향에 의해 더 이상 꿈꾸지 않는 '희망'으로서의 '유토피아'를 인류의 사 상과 문화가 궁극적으로 추구해야 할 '희망'의 가치이자 현실적 원리라 고 주장하여, 유토피아를 서양사상의 핵심개념으로 복원한다.

4. '통곡', 유토피아로 향한 문학적 사유

장정일의 「아담이 눈 뜰 때」는 통곡의 서사다. 유토피아를 상실하고, 가짜 유토피아에 기만당한 '아담'은 절망과 좌절의 절정에서 속 시원하게 통곡한다. 한때 순진했기에 행복했던 문학소녀/소년의 시절을 지나, 한

편의 예술 작품이 태어나기 위해 작가가 겪어야 하는 방황과 좌절의 산고가 읽혀지기 시작한 문학도들 역시 '아담'들이다. 문학 중독자들은 작가의 고뇌에 동참하며, 작가들과 함께 호흡하며 함께 절망하면서 문학에 중독된 자들이다. 그들에게 문학은 삶의 위안과 위로를 가져다주는 유토피아가 아니다. 문학은 절망의 절정이고, 문학 중독자들은 문학으로 인해 내려 퍼붓는 삶의 고뇌에 온몸이 노출된 사람들로, 매순간 죽음을 꿈꾸기도 한다. 장정일의 「아담이 눈 뜰 때」는 그 절망의 절정이다. 바닥을 치는 절망감, 더 이상 떨어질 곳도 존재하지 않는 심연 속에서 대다수의 문학 중독자들은 창문이 밝아올 때까지 '아담'이 되어 밤새도록 울면서 유토피아를 상실한 절망감에 홀로 몸을 떤다. 알퐁스 도데의 「별」과 같은 소설 속에서 유토피아를 품었던 문학소녀/소년들은 장정일 「아담이 눈 뜰 때」 같은 소설 이후 유토피아에서 추방당했고, 문학이 제공하던 '가짜 유토피아'에서도 눈 뜬 '아담'으로 재탄생한다. 이후 아담이 새로운 유토피아를 꿈꾸며, 문학 세계에 뛰어 들었듯, 문학 중독자들 역시 절망의 심연에서 일어나 '자신의 낙원'을 향한 길 찾기를 행보를 시작하게 된다.

사실 '신이 죽은' 세상에 '초인'이 되기로 결심한 '아담'의 행보는 여러 모로 불안하기 짝이 없다. '올 인'을 해도 부족한 판에 '일부분'만 판돈을 거는 영악한 성인이 된 '아담'에겐 이미 실패가 예견되어 있다. '아담'은 이후 소설 「너에게 나를 보낸다」에서 '표절 작가'가 되어 추락하고, 장정일은 「내게 거짓말을 해봐」에 대한 음란물 유포죄로 실형을 산다. 보장된 미래의 보증수표인 대학 입학을 찢어버린 아담은, 대학 입학금으로 타자기를 구입하면서 문학에서 유토피아를 추구해보지만, 결국 실패하였음을 장정일은 그의 후속 소설을 통해 고백한다. 삶에도 문학에도 정답은 없을 수 있다. 그럼에도 불구하고 소설 「아담이 눈 뜰 때」에서 유토피아를 향한 희망의 메시지를 찾는다면, 그것은 바로 통곡을 통한 현재의 성찰, 그리고 통곡을 통한 미래의 희망을 통해 문학에 중독된 자들에게 새로운 길 찾기의 묘안을 제시한다는 것이다.

밀란 쿤데라의 통찰처럼 삶과 문학의 '무거움'을 '참을 수 없어'하는 '가볍게' 사는 현대인들은 더 이상 울지 않는다. 문학 작품을 보며 우는, '쿠-울(Co-ol)'하지 않는 문학 중독자들은 뜨거운 감자다. 가까이 해봐야 인생에 득 될 것 하나 없기에 현대인에게 기피 대상 제1호다. 루저(loser)의 표지인 눈물이 넘쳐흐를 땐, 현대인은 남 몰래 울어야 한다. 현대인 대다수에게 문학을 비롯한 예술은 투자 대상이자 인식 대상이고, 화려한 스펙의 일부일 뿐이다. 현대인은 이런 방식으로 스스로 고독과 결핍에 가속도를 더한다. 이러한 가속도에 브레이크를 거는 예술품을 보며 눈물을 흘리는 경험, 그리고 눈물의 공유는 우리 가슴속의 유토피아를 현실화하기 위해 필수적인 것이 아닐까?

합리적이고 분석적인 사유는 유토피아를 거부하지만, 직관적이고 문학적인 사유는 유토피아를 추구한다. 미셸 푸코는 구체적 지식인의 개념을 규정하면서 유토피아적 환상은 각종 정파의 억압적 이데올로기와 상통하는 것이라고 지적한다. 따라서 미셸 푸코가 현 상황에서 가장 이상적 지식인으로 규정하는 구체적 지식인이란 지배 이데올로기가 제공하는 유토피아적 환상을 거부하면서도 자신의 공적 지위를 활용해 구체적인 정치 운동에 사용하는 지식인이라고 할 수 있다. 구체적 지식인의 현실 참여가 에른스트 블로흐가 『희망의 원리』에서 제시하는 유토피아 즉 '있는 현실' 속에서 억압으로부터의 해방, 빈곤으로부터의 풍요를 실현해 줄 것이라 말한다.

문학에서 유토피아를 추구하고 현실화하는 방식은 철학, 사회학 등의 타 분야와는 그 방식이 다를 수밖에 없다. 사회학처럼 이론과 실천을 통해 자유의 유토피아를 주장할 수도, 과학기술처럼 물질적 이기를 통해 풍요의 유토피아를 제공할 수도 없다. 그러나 문학이 가진 강력한 무기는 연민과 공감을 통한 문학적 감동, 즉 눈물이다. 문학적 감동을 통한 눈물을 통해 우리는 타자에 대한 연민도 공유하고, 불합리한 세상 속에서 진정성을 내재한 연대도 가능하다. 눈물을 통해 우리는 '나의 유토피아'를 성찰하고, '당신들의 유토피아'를 지양하여 '우리들의 유토피아'도 꿈꿀 수 있지 않을까?

제4절 개인적 유토피아, '나'를 향한 여로

헨리 데이빗 소로우, 『월든』

1. '길 찾기'를 위한 길

'모든 아름다움엔 거리가 필요하다'는 명제엔 해설이 필요 없다. 유년기만 지나면 삶에 대한 통찰력이 없어도 그 정도는 쉽게 간파한다. 존경스런 위인, 아름다운 첫사랑, 죽도록 그리운 고향 등은 거리가 없으면 현실에 존재할 수 없다. 문학도 또한 그러하다. 거리가 존재할 때 문학은 내게 '별'을 품게 했지만, 거리가 소멸되면서 나는 '별'로 가는 길을 상실한다. 이후 나는 새로운 길을 모색하기 위해 '문제적 개인'이 되어 '혼의 방랑'을 떠나게 된다. 미지의 공간을 향해 길 떠나는 나그네에게 필수품은 일용할 짐 따위가 아니라 용기를 북돋아 줄 벗이다. '나의 세계', '나의 문학'을 찾기 위해 길을 떠난 내가 동반자로 선택한 벗은 헨리 데이빗 소로우의 『월든』이다.

2. 내 인생은 '나'의 것

소위 명문 하버드 대학을 졸업한 소로우는 보장된 부와 권력의 삶을 내던지고 월든 호수가로 간다. 소로우는 부를 과시할 옷이나 장신구를 장만하는 것에 필요 이상의 노동과 근심을 하면서 살아가는 동시대인들의 삶을 '개미처럼 비천한 삶', '쫓기듯이 인생을 낭비하는 삶'이라고 규정한다. 그에게 진정한 삶의 조건은 '얽매임이 없는 자유'이고, '광활한 지평선을 마음껏 즐길 수 있는 여유'였다. 소로우는 월든 호수에서 자유와 여유 속에서 생을 성찰하고 관조한다. 그리고 소로우는 성공하려고 필사적으로 서두르지 않는 삶, 자신의 삶의 박자와 내면의 소리에 귀를 기울이는 삶, 각자 자기가 그리던 바의 생활을 누리는 것이 결코 불가능하지 않음을 체감한다. 이후 소로우는 '누구보다도 행복한 임종'을 맞이함으로써 월든 호수에서의 삶이 옳았음을 증명해낸다.

사르트르는 『존재와 무』에서 '대자적 존재'인 인간에게 '타자'란 '시선'을 통해 각 주체가 '세계의 중심으로서의 위치를 상실'하게 만드는 폭력적 존재라고 지적한다. 주체인 자아를 '대상'으로 '강등'시켜 버리는 타자들 속에서 각 주체는 타자들과 두 부류의 관계를 맺는다. 첫째는 부정적인 '객체화된' 관계의 형성이고, 둘째는 긍정적인 '동화적 관계'의 성립이다. 그러나 사르트르는 사랑·언어·마조히즘적 희생 등으로 규정되는 '동화적 관계' 속에서도 주체가 결국 대상이 될 수밖에 없음을 주장한다. 이러한 인간관계를 사르트르는 '원죄'라고 규정한다. 즉 사르트르에게 '존재'란 본질이 미리 정해져 있는 사물들로, 그들 존재에 자유란 존재할 수 없다고 말한다. 반면 '무'라고 하는 것은 인간에게 미리 주어진 본질이 '없'기에 스스로 자신의 본질을 만드는 존재로 규정하고 이 '무'인 존재를 사르트르는 '실존'이라고 지칭한다. '실존'은 '탈존(existence)'이고, 이 '탈존'은 사르트르에 의해 '본질'에 선행하는 존재로 등극된다. '탈존' 으로서의 개인은 '본질'의 구속으로부터 벗어나야 하는데, 이 과정에서 중요한 것이 바로 자아의 '대자'화이다. 스스로에게 거리를 두고 관조함 으로써 자기 성찰과 반성에 이르고 궁극적으로 자신을 구성해가는, 가능 성의 존재이다.

이십대의 내게 세상은 거대한 괴물이었다. 세상은 내게 꿈도, 자유도, 순수도, 희망도 모두 삼켜버리는 흑암과도 같았다. 뜻대로 되지 않는 세 상이 무서웠고, 속을 알 수 없는 타인이 두려웠다. 패기와 도전이라는 젊 음의 특권을 남용하여 미친 듯이 싸워봤지만, 승률은 언제나 제로였다. 한 곳만을 바라볼 것을 강요하는 세상, 그 세상과 승산 없는 싸움을 벌일 때 소로우의 『월든』은 패배자인 내게 훌륭한 피난처이자 휴식처였다. 안 주하고 길들일 수 없는 야생마였던 이십대의 나는 틈틈이 낯선 장소로 떠나지 않고서는 일상에선 숨조차 쉴 수 없었다. 타인들이 볼 때 그저 철 없는 치기와 사치에 불과하다 비난할지라도, 여행은 내게 생존을 위한 필요조건이었다. 발 닿는 곳이면 어디든 홀로 부유했고, 그 모든 여정을 나의 벗 『월든』과 함께 했다. 낯선 여행지에서 틈틈이 읽은 『월든』에서 소로우는 차분한 목소리로 세상 속에서 살아간 '나'와 거리를 두게 했다. 그리고 세상 속에서 '나'의 모습을 성찰하고 관조함으로써 세상과 타인 에 대한 나의 두려움을 치유해 주었다. 세인으로부터 '자유'하고 세상으 로부터 '탈주'할 용기를 주었다. 어떠한 종류의 가르침과 사랑으로도 해 갈되지 않았던, 끝없는 목마름 또한 해결해 주었다. 나아가 '네가 옳다' 고, 낮지만 가장 강력한 어조로 지지와 격려를 보내 주기도 했다.

3. 방랑의 끝, 자기 인식을 향한 문학

장 그르니에는 『섬』에서 모든 여행의 끝은 '자기 인식'이라고 말한다. 『월든』만 가지고 홀로 떠난 낯선 여행지, 나를 아는 사람이 아무도 없는 그 곳에서 나는 '나'이기만 하면 되었다. 『월든』은 '세상'과 '너'를 바라보지 않는 삶, '나'의 내면과 '나의 세상' 속에서 그냥 여유롭게 즐기는 것이 바로 삶임을 가르쳐 주었다. '타자'들의 시선 속에서도 스스로 주체가 살아가는 방식을 알려 주었다. 『월든』과 함께 한 혼의 방랑을 통해 나는 '나'를 인식하고 세상과 대면할 용기를 회복하고 용감하게 일상으로 귀환한다. '나'를 대상으로 만들어버린 '타자', '나' 또한 '타자'를 대상으로 만드는, '원죄'의 '세상'이라 할지라도 내 삶의 주권이 내게 있음을 자각한다. 타인과 세계가 사활을 걸고 대립하고 투쟁하는 장(場)인 문학에서도 조금은 방관자가 되어 '나의 문학'을 새로이 사색하게 된다. 파시스트적 속도로 질주하는 세상 속에서 홀로 산책하는 여유도 갖는다. '무엇이 되어야 한다'는 합목적으로부터도 자유한다. '지금 여기'에서 '지평선'을 바라보며, 자아를 긍정하고 세상을 바라보는 '착한 눈'을 뜨게 된다. 그리고 세상에 나아가 나의 방식으로 타인과 대적할 전투력을 재충전한다.

제5절 사회적 유토피아, 삶의 혁명을 위한 서사

트리나 포올러스, 『꽃들에게 희망을』

1. 볼 때마다 새로워야 하는 책, 『꽃들에게 희망을』

흔히 '읽을 때마다 새로운 의미를 갖게 하는 책들이 있다'고 말한다. 제목을 물어보면 답은 완전 공식이다. 생의 사막에서 추락하여 구조의 손길을 갈급하는 삶의 난민들은 생텍쥐페리『어린왕자』를, 자신을 둘러싸고 있는 껍질 즉 한계를 벗어나 새로운 인식의 비상을 갈망하는 학구적 인생파들은 헤세『데미안』을 말한다. 사회 구조 및 인식 변혁에 삶을 거는 혁명가들은 조정래『태백산맥』을 말하기도 한다. 간혹 먹물 좀 먹었음을 과시하고자 하는 현학파와 남과 똑같은 것은 죽어도 싫은 개성파들은 '듣보잡(듣도 보도 못한 잡스런 작품들)류'를 언급하기도 한다.

과연 그럴까? 꼭 『어린왕자』, 『데미안』, 『태백산맥』들만이 독자가 처한 상황과 연령에 따라 다른 의미로 다가올까? 그렇지 않다. 단연코 모든 책의 의미는 읽을 때마다 새롭다. 문학 작품은 작가의 인생관과 세계관의 표현이다. 아무리 천재적 작가가 존재한다고 해도, 독자에게 깊은 감동과 인식을 남길 수 있는 작가는 기본적으로 스무 살은 넘어야 하는 경우가 대다수이다. '시는 이십대의 문학, 소설은 사십대의 문학, 수필은 육십대의 문학'이라고 하는 것도 그 이유다. '장르 선택은 세계관의 선택'이기에, '관(觀)'이란 작가의 필요조건이기에, 작가의 창작 연령의 하한선은 이미 결정되어져 있다고 해도 과언은 아니다. 일반적으로 독자들이 책을 접하는 시기는 작가가 작품을 창작한 나이보다 어리다. 따라서 삶과 세상에 대한 인식이 미흡하다. 체험과 연륜이 쌓이면서 세상과 삶에 대한 독자 나름의 '관'이 형성되면, 전에 도대체 뭘 읽었을까 개탄할 정도로 문학 작품은 독자에게 새로운 의미를 가져다준다.

'삶과 혁명, 그리고 희망에 관한 이야기'라고 의미심장한 글귀로 시작되는 트리나 포올러스 『꽃들에게 희망을』이 바로 그러하다. 애벌레가 나비가 될 때까지의 여정을 형상화한 이 책은 삽화나 색채 등등 여러 편집 수단에 의해 동화책같이 엮어진다. 성숙한 초등학생이나 중·고등학교의 필독서로 제시되어 있고, 대다수 사람들은 이 책을 나비가 되기 위한 고통의 인내 혹은 경쟁 사회로부터 이탈하여 진정한 자아를 찾아가는 여정 등의 동화적 교훈성을 주는 책 정도로 인식하고 있다. 그러나 '관'을 달리하여 보면, 그리고 사고가 깊어지게 되면 작가가 왜 이 책을 '혁명'과 '희망'이라고 명명했는지 깊이 이해함으로써 새로운 의미를 던져주는 가장 대표적인 작품 중 하나이다.

2. '꽃'을 향한 혁명과 희망의 서사

갓 깨어난 줄무늬 애벌레에게 세상은 경이롭고 풍족한 곳이다. 몸의 성장과 비례하여 정신 또한 성장한 애벌레는 자신의 삶에서 '더 오묘한 무엇'을 찾기 위해, 풍요와 안식의 요람에서 '과감한 탈주', 즉 '혼의 방랑'을 감행한다. 여행 중 애벌레는 먹고 사는 일에 급급한 다른 존재에게 실망하기도 하고, 남들처럼 끝 모를 정상에 오르는 시도도 해 본다. 연인 노랑 애벌레와의 첫사랑에 전부를 걸기도 하기도 하고, 일상화된 사랑으로 감정이 희석됨에 따라 방황하기도 한다. 줄무늬 애벌레는 가치관의 차이로 연인과 헤어진 후, 성공을 위해 타인들과 사투를 벌인다. 그는 정상에 오르기 위해 가차 없이 남을 짓밟았고, '최고' 근처에 이르러서는 추락의 두려움에 전율한다. 추락의 공포와 억압 속에 질식하며 버티다가, 세상엔 '최고'란 것이 그리고 '최고를 향한 투쟁'이 수도 없이 존재하는 것을 깨닫고 경악한다. 마음과 혼이 순식간에 얼어 버리는 생의 '빙점(氷點)'에 도달한 줄무늬 애벌레는 삶의 막다른 골목에 불시착한다. 구원의 손길은 어디에도 존재하지 않는다. 그때 '진정한 사랑'을 위해 자기에게만 속했던 '자아'와 '사랑'을 버린, 노랑 애벌레가 자신을 초월한 존재, '나비'가 되어 줄무늬 애벌레에게 나타난다. 줄무늬 애벌레는 자기 속의 '나비'를 완성하고자 하는 새로운 희망을 품고, 경쟁의 메커니즘에서 이탈해 연인의 격려와 사랑 속에서 드디어 '나비'를 완성한다.

누구나 한 번은 읽었음직한 책, 트리나 포올러스 『꽃들에게 희망을』은 대충 한 시간 내에 독파할 수 있는 쉽고 간결한 책의 대명사이다. '먹고 사는 것'이 삶의 전부라 아니라고 생각하는 사람, 삶의 질과 내면세계에 관심을 가지는 사람, '자아'의 한계를 초월하고 삶의 지평 그 너머를 사색하는 사람들에게 『꽃들에게 희망을』은 감명 깊었던 책의 리스트에 꼭 언급되기도 한다. 이런 유명세에도 불구하고 『꽃들에게 희망을』만큼 독자 대다수가 주제를 잘못 파악하고 있는 책도 드물다.

일부 독자는 유일한 '주제' 그 자체의 유무에 대해 반론을 제기할 수도 있을 것이다. 물론 롤랑 바르트가 지적하듯이, 독자 역시 독서 과정에서 작가처럼 하나의 텍스트를 쓴다. 작가가 주제를 형상화하기 위해 창작한 원래의 텍스트뿐만 아니라 각 개별 독자가 자신의 생각과 체험만큼 다양하게 읽어내는 텍스트는 독자의 수만큼 존재한다. 바르트는 해체주의의 대표자답게 그 모든 텍스트에 위계질서를 두지 않음으로써, 작가의 지배적 지위, 즉 '해석의 중심', '의미의 근원'이라는 독보적 지위를 박탈하여 작가의 권위를 해체한다. 바르트가 주장하는 바에 적극 동조함에도 불구하고, 난 최소한 작가의 의도쯤은 독자로서 제대로 파악하는 것이 독서의 가장 기본이라고 생각한다. 이는 텍스트의 우위를 다투는 것과는 다른 범주의 문제이다. '의미의 중심'은 아니라 할지라도, '의미'를 전달하고자 하는 욕망은 작가의 영역으로 존중해야 한다.

흔히 『꽃들에게 희망을』의 주제를 '경쟁과 물질문명이 지배하는 사회의 메커니즘으로부터 초월', '존재의 한계를 벗어난 자아의 성장과 그 완성' 쯤으로 파악한다. 그러나 문제는 그리 단순하지 않다. 고작 그 정도를 가지고 작가가 '삶의 혁명, 희망에 관한 이야기'라고 서두에 제시했다면 트리나 포올러스의 설레발은 가히 국제적이고 초역사적이라 할 것이다. 에세이즘적 서사 『꽃들에게 희망을』의 주제 찾기는 서사 내부가 아닌 제목인 '꽃들'과 '희망'이라는 단어에서 출발하여야 한다.

서문에서 작가가 '나비에 대한 사랑과 믿음'을 가짐에 감사했듯이, 『꽃들에게 희망을』의 초점은 '나비'의 역할에 정조준 되어 있다. 나비는 애벌레와 달리 '자기'만의 '완성'에 도달하려는 목적을 가진, 존재의 한계를 벗어나지 못한 존재가 아니다. 애벌레는 '자기'라는 욕망으로부터 초월하지 못한 존재이다. 그 욕망이 아무리 이른바 고차원적인, 정신의 영역에 속한 것이라 할지라도 '자기'만을 추구하는 한, 그것은 '진정한 사랑',

진정한 '자기 완성'이 될 수 없음을 작가는 주장한다. '진정한 사랑'이란 제목에서 강조하는 것처럼 '꽃들'을 향해야 한다. 즉 '자기'로부터 벗어나 '타인', 동종(同種)인 '타인'마저 초월하여 '타종(他種)'을 향하는 것이다. 그것이 바로 트리나 포올러스가 주장하는 삶의 '혁명'이고, 세상의 '희망'이다. '배타적 이기심을 극복한, 국경과 인종을 초월한 인류애', 헬레니즘 시대 스토아학파가 주장한 '세계시민주의', 이것이 트리나 포올러스『꽃들에게 희망을』의 핵심 주제이다.

헬레니즘시대 스토아학파 인간관의 기초는 "모든 인간은 '로고스'를 품고 있기에 '소우주'이며, 근본적으로 평등하다"는 만민평등주의에 있다. 따라서 헬레니즘 시대엔 인종과 국경을 초월하여 모든 이방인에게도 '시민권'을 부여한다. 이는 '동질적 공동체'라는 기준으로 시민권을 부여한 그리스의 민주주의, 인간관과는 근본적으로 그 토대가 다르다. 이는 사회적 관계에서 분리 · 소외된 존재를 연대 · 결합으로 이끄는 '관계적 에로스'의 한 양상이다. 트리나 포올러스는 이 주제를 부제, 서문, 서사의 곳곳에 배치해 둠으로써 지속적으로 '진정한 사랑'과 '혁명' 그리고 '희망'을 세상에 외친다. 이러한 관계적 에로스는 트리나 포올러스가 기독교인이라는 측면을 고려해 볼 때, 무조건적 사랑인 '아가페'의 성격 또한 지닌다. 이러한 '진정한 사랑'의 '혁명'이 법률 및 문화 등 제도적 측면에서 실행될 때, '꽃들'은 그 존재를 유지할 수 있고, 그것이 '인류의 희망'임을 작가는 말한다.

3. 우리의 유토피아를 향한 문학

지금도 그런 편이지만, 이십대와 삼십대의 나는 무척 이기적이었다.

나 아닌 타인의 존재에 지독하리만치 무심했다. 도무지 타인에 대해 궁금한 것이 없었다. 본인이 스스로 입을 열기 전까지는 가치관이 무엇인지, 무엇을 보고 듣고 읽는지, 정치적 성향은 무엇인지 알고 싶은 맘이 요만큼도 없었다. 타인이 궁금하지 않으니, 그들의 번민과 고통 또한 알 수가 없었다. '나'의 영역에 속한, 작품 속에 형상화된 등장인물의 불행과 고통, 상처에는 맘이 아파 처절하게 울기도 했지만, 현실에 실재하는 타인의 아픔에는 상대적으로 무관심했다. 그것이 타인에 대한 배려라고 합리화시키기도 했었다. '천상천하 유아독존'의 나는 나 자신의 욕망과 완성에게만 함몰되어 있던 애벌레였다.

그러한 나에게 『꽃들에게 희망을』은 애벌레에서 벗어나 나비가 되어야 함을, 진정한 자기의 완성은 '진정한 사랑'의 실천을 통해 가능함을 알려 줬다. 애벌레가 나비가 되기 위해서는 수많은 역정을 거쳐야 하고, 수많은 결단도 필요하다. 자아도 버려야 되고, 사랑하는 연인도 버려야 한다. 어떠한 전망도 확신도 부재하는 현실이지만, 가시적 변화 또한 자각되지 않지만, 나비가 되기 위해서는 '고치'를 만들어 그 속에 갇혀야만 한다. 고치 속에 갇히는 일이 아무리 '끔찍한' 일이라 할지라도, 인내하고 기다려야 한다. 그리고 나비가 되어 '진정한 사랑'을 실천해야 한다는 것을 알려줬다. 또한 타인 모두 '나비'가 될 수 있음을, 그리하여 '꽃들'에게 '희망'을 줄 수 있음을 자아에 함몰되어 있는 다른 애벌레들에게 알려 줘야 한다는 사명도 가르쳐 주었다.

지금의 나는 '애벌레'인지, '나비'인지 아님 '고치' 속에 갇혀 있는 존재인지 알 수 없다. 단지 확실한 것은 우리 모두 삶의 '혁명'을 꿈꾸고, 세상의 '희망'을 갈망하는 존재여야 한다는 것이다. 또한 그 혁명의 완성을 위해 무엇을 해야 하는지 끊임없이 성찰과 실천을 통해 모색해야만 한다는 것이다.

『꽃들에게 희망을』에 제시된 수많은 삶의 양상들은 바로 우리 현대인의 부분적 삶의 파편들이다. 먹고 살기 위해 살아가는 사람, 연인으로 인한 기쁨과 평온한 일상에 안주하는 사람, 치열하게 정상을 향해 살아가는 사람, 경쟁에서 낙오되는 사람, 진정한 자아를 찾기 위해 가진 모든 것을 버리고 때를 기다리는 사람, 최고의 지위를 잃을까 전전긍긍 하는 사람…. 작가는 『꽃들에게 희망을』이란 작품을 통해 그 모든 각양각색의 삶이 애벌레로서의 삶임을 독자에게 주지시킨다. 그 애벌레의 삶이 목적이 아닌 과정으로서의 삶임을 또한 자각하게 한다. 이것이 문학이 지니는 본질적인 사회적 책무이다. 세속의 문학, 사회적 존재로서의 문학 종사자들은 사회를 살아가는 존재로서의 각 개인이 마땅히 나아가야 하는 방향 중 하나를 제시해야만 하는 등불과 도화선으로서의 책임을 자각해야만 한다. '나'의 삶에도, 우리의 문학에도 이제 '혁명'이 필요하다. 문학은 '나'의 손길을 기다리는 수많은 '꽃들'을 위해 '나비'가 되어 비상해야만 한다.

제2장

치장으로서의 문학 1

－개인 삶의 고통으로서의 문학

제1절 '더 이상 내 것이 아닌 열망'과 '내 것에의 열망'

기형도, 「빈 집」과 헤르만 헤세, 「계단」

1. '더 이상 내 것이 아닌 열망'에의 집착의 말로

나는 선생이다. 삶과 사랑, 꿈의 절정기인 젊은 그들과 함께 호흡을 나눌 수 있다는 현실 자체가 감동적이며 축복과도 같은 행운이다. 꿈의 성취를 위해 열심히 노력하는 모습도 정겹고, 수많은 미래의 경우의 수를 두고 고뇌하는 모습도 예쁘다. 연애하는 남녀가 타인의 시선 따위는 개의치 않는, 감추지 않는 사랑 또한 청춘의 특권으로 풋풋하게 보인다. '실연'이란 청춘의 상징을 마치 카인의 표적이라도 되는 듯 이마에 박은 채 어둠의 자식인 양 빌빌거리는 것도 상당히 귀엽다.

그들의 밤은 연인을 생각하느라 짧을 것이다. 사랑을 고백하느라 흰 종이를 펼쳐두고 망설이다 종국엔 눈물까지 흘릴 것이다. 촛불과 함께 애를 태워보지만 결국 문장으로 표현되어 나오지 않기에, 아무것도 모른다며 애꿏은 촛불만 구박하기도 할 것이다. '더 이상 내 것이 아닌 열망'이라며 '사랑을 잃은' 아픔에 맘이 찢어지겠지만, 정작 그들이 잃은 것은

'사랑'이 아니라 단순히 '연인'일 뿐이다. '사랑'은 아직 그들 가운데 있다. 이성을 향한 사랑을 향한 열망이 그들 내부에 존재하기에, 그들은 이른 바 '좋~을 때'다. 자신들이야 '빈 집'에 갇혔다고 비명을 지르겠지만, 그들이 갇힌 빈 집은 손잡이가 내부에 있기에 맘만 먹으면 언제든 세상으로 향할 수 있다. 힘차게 시작할 세상이 있는 그들은 그래서 '젊은 그들'이다.

빈 집

기형도

사랑을 잃고 나는 쓰네

잘 있거라. 짧았던 밤들아
창밖을 떠돌던 겨울 안개들아
아무것도 모르던 촛불들아, 잘 있거라.
공포를 기다리던 흰 종이들아
망설임을 대신하던 눈물들아
잘 있거라. 더 이상 내 것이 아닌 열망들아

장님처럼 나 이제 더듬거리며 문을 잠그네
가엾은 내 사랑 빈 집에 갇혔네.

기형도 「빈 집」의 '나'는 '젊은 그들'이 아닌, 더 이상 젊지 않은 '나'이다. 젊음과 어느 정도 거리를 둔 누구에게나 자신의 젊은 날의 청춘은 화석화된 문학 작품보다 훨씬 더 드라마틱하다. 누구에게나 트라우마는 존재하며, 이루지 못한 사랑이 있고, 포기할 수밖에 없었던 꿈이 있다. 변곡점이 곳곳에 포진되어 있는 것이 청춘이고, 계획대로 되지 않는 것이 인생이다. 젊은 '나'는 꿈과 사랑에 집착해 광란의 질주를 감행했을 것이다. 그러다 세월이 흐르면 이른바 '철'이 들면서 연륜이 쌓인다. 획기적인 성공은 아닐 지라도, 젊은 시절 꿈꾸던 그대로의 삶은 아니더라도 인생 스스로 굴러가는 힘이라는 것이 있어 나름 성취라는 결실도 있다. 그 결실에 안주하면서 젊음은 이제 기성세대가 된다.

기성세대가 된 '나'는 내가 무엇을 겪었는지, 또한 무엇을 잃어버렸는지 일상 속에선 쉬이 깨닫지 못한다. 그러나 잊었던 과거는 삶의 복병이다. 풀지 못한 추억과 회한은 어느 곳에서 언제 터질지 알 수 없는 숨겨진 지뢰다. 이 지뢰는 항상 부적절한 시기에 출몰하여, 이미 재생 불가능한 피를 덥힌다. 일단 뜨거워진 피는 쉬이 식지 않고, 상당기간 온몸과 맘을 함몰시킨다. 그러나 이미 일상으로 무장된 '나'는 그것이 더 이상 '내 것이 아닌' 열망임을 안다. 오랜만에 뛴 심장에 이젠 작별을 고할 수밖에 없음을 안다. '나'가 작별을 고한 것은 '사랑'이고 잃은 것은 '젊음'이다.

기형도의 「빈 집」은 바로 이미 젊지 않는 '나'가 '내 것이 아닌 열망'에 집착한 말로를 보여주는 시이다. '내 것이 아닌 열망'을 자각하는 순간, '나'는 출구 없는 빈 집에 갇히게 된다. 음산하고 황량한 빈 집 속에서 '죽음'을 기다리는 것만이 젊음을 상실한 '나'가 할 수 있는 유일한 일인 것이다. 실제로 '자신을 사랑한 적이 한 번도 없다'고 고백한 '죽음'의 시인 기형도는 「빈 집」을 쓴 해에 '빈 집'에 갇혀 29세, 어리지만 젊지 않은 나이에 뇌졸중으로 쓰러져 자신의 시 「빈 집」을 자신의 죽음을 통해 완성한다.

2. '이제는 내 것인 열망'을 향하여

마흔 이상은 살고 싶지 않다는 치기 어린 생각을 하던 때가 있었다. 온 에너지를 다해 삶을 질주하던 때였다. 늙음, 그 자체만으로도 처참하고 초라할 것 같은 십 년이나 이십 년 후의 미래는 상상조차 하고 싶지 않은 때였다. 오로지 눈부신 현재 속에서 불꽃처럼 살다가 그냥 소멸하고 싶었다. 철딱서니라고는 약에 쓰려고 해도 찾아볼 길이 없었던 젊은 나에게 그렇게 살 수 있는 마지노선이 마흔으로 여겨졌다. 딱 그때까지만 이라고 생각했다. 기형도는 스물 아홉에, 전혜린은 서른 여덟에 새로운 공간인 '저곳'으로 되돌아오지 못할 여행을 떠났다. 이들의 문학과 죽음은 그리고 그들의 삶은 내 삶의 멘토가 된다. 나 역시 '더 이상 내 것이 아닌 열망'에 집착하여 '빈 집'에 나를 가두게 된다. 긴 삶을 포기한, 무모한 나에게 두려울 것이 없었다. 수면제도 각성제도 꺼려하지 않고 몸속에 쟁여 넣으며 아무도 알아주지 않지만 나로서는 사활을 건 질주를 시작한다. 젊은 시기에 이미 난 자신과 삶에 대한 사랑도, 꿈도 상실했기에 더 이상 젊지 않는 나였다.

그때 그 시기에 만난 것이 피아니스트 아르투르 루빈스타인과 노련한 지휘자 앙드레 프레빈이 협연한 〈생상스 피아노 협주곡 2번〉이다. 이십 대부터 중년에 이르기까지의 수많은 연주활동과 레코딩만으로도 충분히 세계를 제패하였고, 20세기 대표적 피아니스트 중 한 명이라 손꼽히는 아르투르 루빈스타인은 타의추종을 불허하는 대가이다. 이제는 안락한 공간에 머물러, 화려한 자신의 명성을 즐겨도 괜찮을 여든의 나이에 아르투르 루빈스타인이 여전히 관중과 비평가들 앞에서 자신의 음악을 연주하고 있었다. 손과 얼굴에 새겨진 주름, 하얗게 센 머리로 피아노 앞에 앉은 그 모습 자체가 초라한 늙음보단 화려한 죽음을 선택했던 이십대의 내겐 무척 충격적이었다. 폭풍 같은 감정을 몰아가는 생상스의 선율에도 그는 미동도 하지 않고 굳건히 자기를 지켜 가며, 심연의 눈동자에 감성을 그득 담아 고요히 그러나 강력하게 자신의 생을 연주하고 있었다. 그렇게 아름다운 인간을, 그렇게 아름다운 순간을 나는 일찍이 본 적이 없었고, 그 이후로도 없다. 그 때 내가 받은 충격과 감동은 루빈스타인이 대가이어서가 아니었다. 자신의 삶과 음악에 대한 성실함으로써 존엄을 지켜나가는 삶의 태도, 진정한 아름다움에 대한 자각 때문이었다. 지켜보는 후배의 시선에 창피하다 여겼지만, 이미 흐르기 시작한 눈물은 멈출 줄 몰랐다. 그 때 그 순간의 감동과 결심들은 아직도 내 맘속에 선명히 각인되어 있다.

루빈스타인을 만난 이후 난 내 스스로 갇혀 있었던 '빈 집'에서 서서히 벗어난다. 진정한 아름다운 삶이 무엇인가를 자각한 나는 '내 것이 아닌 열망'들에 이별을 고하면서, '빈 집'에 나 스스로를 감금하지 않는다. 미운 오래 새끼처럼 생뚱맞은 존재인 나이지만, 루빈스타인과 같은 아름다운 모습으로 재탄생하기 위해 스스로를 사랑하기로 결심도 한다. 자기 파괴적인 질주 역시 멈추어 서서 지속가능한 전진을 위해 속도를 조절한다. 더불어 '내 것인 새로운 열망'을 모색하고 품으려 한다. '내 것이 아닌 열망'들을 버림으로써 젊음을 회복한다.

3. 삶의 외침을 향한 이별과 시작

사월만 되면 각종 칼럼을 도배하는 '사월은 가장 잔인한 달'은 T. S. Eliot의 「황무지(The Waste Land)」의 첫 구절이다. 영원히 죽을 수 없는, 저주스런 생을 버티며 살아가는 쿠바 무녀의 '죽고 싶다'는 독설에서 시작하는 이 시는 현대 사회와 현대인에게 생명이 활짝 피어나는 사월의 계절에도 재생은 꿈도 꾸지 말라는 저주를 마구 퍼부어 댄다. 삶에 대한 열망이 깊을수록, 열정이 강렬할수록 그는 위험하다. 열망의 정도에 비례하여 절망 또한 깊기 때문이다. 열망과 절망의 끝없는 변주 속에서 균형잡기에 실패하면 그는 나락으로 추락한다. 추락한 '빈 집'이 세상의 전부라는 오만과 독선에 빠지기도 한다. 그러나 예술은 '젊은 그들'은 물론 '꿈을 상실한 자' 모두에게 세월 앞에 겸허해야 함을 가르친다.

계단

헤르만 헤세

꽃은 시들고 청춘은 나이에 굴복하듯
인생의 각 시기의 지혜와 덕도 모두 순간일 뿐 영원하지 않다.
삶이 외치는 소리를 들을 때마다 마음은 용감하게 슬퍼하지 말고
새로운 공간에 들어갈 수 있도록 이별을 고해야 한다.
모든 시작인 이상한 마력이 깃들어
그것이 우리로 하여금 평생을 살아가게 한다.

우리는 쾌활하게 현재와 이별하여야 한다.
어느 곳에서도 고향과 같이 안주해서는 안된다.
세계 정신은 우리를 붙잡아 두거나 구속하지 않고
우리를 한 계단씩 높이고 넓힌다.
우리가 어느 한 곳에 정착하여 안주하면
삶에 탄력은 잃고 만다.
항상 새로운 출발을 여행을 떠날 준비가 되어 있는 사람만이
우리를 마비시키는 습관으로부터 벗어난다.
아마 죽음의 순간마저도
여전히 우리를 새로운 곳으로 안내할 것이다.

우리를 부르는 삶의 외침은 멈추지 않으니
자, 마음이여 이별을 고하고 건강을 빌자.

헤세의 「계단」에서처럼 '모든 인생에는 그 시기에 적절한 꽃'이 있다. 그의 가르침처럼 '더 이상 내 것이 아닌' 열망에서 벗어나 이제는 '삶이 부르는 소리', 새로이 박동하는 심장의 울림에 귀를 기울여야 한다. 비상구가 존재하지 않는 '빈 집'이 아니라, 우리를 지켜줄 '우주를 향해 전진할' 새로운 열망을 품어야 한다. 그리고 새로이 '시작'하여야 한다. '모든 시작엔 이상한 마력'이 깃들고, 그것이 우리로 하여금 우리를 지키게 한다.

공자의 경지에 도달하는 것은 꿈조차 못 꿀 일이기에 감히 '불혹(不惑)'이라 부르기 민망한 내 나이 마흔은 아무리 거부하려 해도 빼도 박도 못하는 중년, 기성세대이다. 때론 주책없이 대책 없이 '젊은 그들'이 가진, 그리고 젊은 '나'가 가졌던 '더 이상 내 것이 아닌 열망'을 꿈꾸기도 한다. 그러나 지금부터 죽음까지 대충 사십 년, 살아온 만큼의 시간이다. '시작하기에 너무 늦었다'는 탄식만 하며 남의 열망을 쫓기엔 남은 인생이 너무 길고 소중하다. 재생을 향한 갈망이 또다시 좌초한다 할지라도 루빈스타인의 모습과 헤세의 시를 품고 다시 한 번 나아가야 한다. '내 것이 아닌 열망'에 작별을 고하고, 자! 이제 떠나자!

제2절 죽느냐? 사느냐? 그것은 문제가 아니다

셰익스피어, 〈맥베스〉와 정몽주, 「단심가」

1. 비상구 없는 죽음

운명이란 개척하는 것일까? 아님 이미 정해져 있는 것일까? 맥베스가 마녀들을 만나 자기 운명에 대해 미리 알지 않았더라면, 왕이 되려는 야망을 품었을까? 맥베스의 아내 역시 남편이 왕이 될 것이라는 예언을 듣지 않았더라면, 우유부단한 맥베스를 충동질하여 던컨왕을 시해하게 했을까? 셰익스피어는 〈맥베스〉에서 마녀라는 실존 등장인물을 설정했지만, '마녀'는 결국 맥베스 자신 내면의 목소리가 아니었을까? 왕이 된 맥베스는 이후 잠을 잘 수가 없다. 피의 흔적이 자신의 손에서 사라지지 않는 죄책감에서 벗어나지 못해 평안을 상실한다. 언젠가는 자신도 누군가에게 왕권을 빼앗길 것 같아 불안에 떤다. 결국 그 불안감은 현실화되고, 맥베스는 다가오는 죽음을 기다리며 다음의 독백을 내뱉는다.

"Life is but a walking shadow and a poor player. That struts and frets, in his hour upon that stage. And then is heard no more : It is a tale told by idiot, full of sound and fury. Signifying nothing!" (인생이란 걸어 다니는 그림자에 불과하고, 인간은 불쌍한 배우일 뿐이다. 인간은 살아 있는 동안 삶의 무대에서 때론 잘난 척 하기도 하고, 때론 초조와 불안으로 살아간다. 그러나 그 뿐…시간이 흘러 죽음을 맞이하면 그것으로 끝일 뿐이다. 삶이란 분노와 소음으로 가득 찬 바보들의 이야기이다. 아무 의미도 없는 소리처럼, 우리의 삶 역시 아무 것도 의미하지 않는다.)

우리는 혼을 팔아가며, 삶의 평안을 희생해가며 야망을 성취한다. 이루고자 하는 야망이 성취되면 과연 우리는 행복할 수 있을까? 셰익스피어에 의하면 그에 대한 대답은 부정적이다. 특히 야망을 이루는 방법적 측면에서 정당성을 상실하면, 성취한 야망은 오히려 늪이 되어 우리를 깊은 절망 속으로 함몰시킨다. 특히 맥베스의 암살과 왕권 탈취는 당시 지배 담론이었던 '왕권신수설'에 대한 저항으로, '신으로부터 부여받은 왕위'를 빼앗는 역천(逆天)을 감행하였기에, '천벌(天罰)'은 이미 예정되어 있다. 죽음에 임박해서야 맥베스는 자신이 누구인지, 자신의 삶이 어떠했는지 직시한다. 야망을 이루기 위해 질주한 자신의 삶이 '그림자'에 불과한, 거짓되고 허망된 것임을 안다. 그래서 자신은 불쌍한 어릿광대에 불과했음을 자각한다. 곧 사라져 버릴 자신의 삶, 곧 닥쳐올 자신의 죽음의 경계선상에 선 맥베스는 'Nothing'을 읊조린다. 맥베스에겐 죽는 것, 사는 것…아무 문제가 아니다. 그에게 문제는 바로 'Signifying nothing!'에 있다.

내가 하고 있는 일은, 내가 살고 있는 내 삶은 지정된 무대에서 약자에겐 잘난 척, 강자에겐 비굴한 척…아무 의미 없는 말들로 가득 채워져 있다. 우아한 척, 고상한 척, 아는 척, 착한 척, 깊은 척…정답도, 의미도 없는 인생에서 무엇을 기대하며 살아가기에, 위선의 극한으로 나를 포장하는지 알 수가 없다. 내 삶의 종착점에서 깨닫게 되는 것은 과연 무엇일까? 평생을 일관되게 극작가 및 문학가로 살아온 셰익스피어, 당시 다른 극작가로부터 '벼락출세'라는 부러움 섞인 비아냥거림을 들을 정도로 최고의 출세 가도와 최고의 명성을 얻었던 셰익스피어. 그는 왜 생의 정점에서 '맥베스'를 통해 삶의 허무를 내뱉었을까?

나의 운명은 정해져 있을까? 아니면 내가 만드는 것일까? 내 안에 '마녀들', 아무 의미 없는 것들을 끝없이 욕망하고 성취하려 하는 그녀들을 침묵하게 해야 한다. '자아성취를 통한 자기완성'이라는 '호출'된 그 '허위의식'부터 깨뜨려 버려야 한다. 남의 영혼과 삶을 난도질함으로써 강탈한 지위와 성과가 있다면, 'Signifying nothing!'으로 미쳐버리기 전에 사죄하고 물러나야 한다. 악의 구렁텅이로 몰아가려는 '동반자'가 있다면, 그를 멀리 하여야 한다. 그런데, 그러면 정말 되는 것일까? 정말 그렇게 살면 소크라테스처럼 평생 살아온 삶에 대한 확신 그리고 확고한 철학 및 자기 정체성으로 인해 죽음 앞에 두려워하지 않으며, 담담히 독배를 마실 수 있는 것일까?

2. 삶보다 아름다운 죽음

포은 정몽주 「단심가」는 시조 중 가장 널리 알려진 시조이다. 「단심가」는 이방원 「하여가」에 대한 답가로 유명하다. 정몽주가 바보가 아닌 다음에야 당시의 정치적 상황, 즉 정도전을 비롯한 신진세력들(조준, 남은 등)이 이성계를 왕으로 추대하려는 책모가 있음을 감지하지 못했을 리가 없다. 위기감을 느낀 정몽주는 이성계가 낙마 사고로 인해 개경을 비웠을 때, 이성계의 오른팔인 조준을 숙청하려 한다. 이방원은 정몽주의 계획을 사전에 알아챘고, 정적 정몽주를 제거할 계획을 꾸민다. 이성계를 서둘러 개경으로 오게 하고, 병문안을 핑계로 정몽주를 불러들인다. 당대 최고의 통찰력을 자랑하던 학자이자 재상, 외교관으로서 탁월한 정치적 감각을 소유했던 정몽주가 이방원의 의도를 몰랐을 리 없다. 이방원은 병문안을 마치고 돌아가는 정몽주를 선죽교에서 만나 「하여가」를 통해 이른바 마지막 '간'을 본다. 정몽주는 「하여가」에 대한 답변이 자신의 운명을 결정하게 될 것이라는 사실을 잘 알고 있다. 그러나 정몽주는 비굴하게 살기를 원하지 않는다. 그 유명한 「단심가」를 통해 자신의 견해를 밝힌 후, 이방원의 철퇴에 맞아 그냥 덤덤히 자신의 생을 마감한다.

이 몸이 죽고 죽어 일백번 고쳐죽어
백골이 진토되어 넋이라도 있고 없고
님 향한 일편단심이야 가실 줄이 이시랴

예전에는 「단심가」에서 '일편단심'만 눈에 띄었다. 죽더라도 자신이 선택하고 세운 왕(공양왕은 이성계와 정몽주가 함께 옹립했다)에 대한 절의를 다짐하는, 그 인간적이면서도 초인적인 도의에 감동했었다. 요즘은 왠지 그 '일편단심' 이면에 존재할 것 같은 시대에 대한 정몽주의 절망이 느껴진다. 이미 자신이 평생을 바쳐 세우고자 한 고려왕조의 번영은 실패로 돌아가고, 고려의 운명은 그 '수(數)'를 다 했음을 잘 안다. 그렇다고 이성계와 이방원과 '함께 얽어져 백년까지 누리기 위해' 비굴하게 목숨을 구걸하는 일…그로서는 상상할 수도 없다. 비록 시조에서는 '님 향한 일편단심'을 외쳐대지만, 시대 정황을 고려해 볼 때 그가 지키려 하는 것은 단순히 고려왕조, 공양왕에 대한 의리라는 생각이 들지 않는다. '이보(二步) 전진' 할 수 있는 단 1%의 가능성이라도 존재했다면 그는 어쩌면 일보 후퇴, 전략상 후퇴를 선택했을 수도 있었을 것 같다는 생각이 든다. 그러나 정몽주는 이미 시대에, 상황에, 그리고 함께 새로운 시대를 기획한 사람에 절망했을 것 같다. 그러한 상황 속에서 목숨의 연장만을 위해 자신 삶의 신념을 꺾거나 삶의 방식을 전환하는 것, 그것은 죽음보다 더 비참한 삶임을 잘 알기에 그는 기꺼이 장렬한 죽음을 선택한다.

포은 정몽주는 이미 죽음을 선택했고, 죽기 전에 자신이 할 수 있는 일을 최선을 다해 감행한다. 이성계의 반역에 제동을 걸기 위해 조준을 제거할 계획까지 세워보지만, 욱일승천의 이성계와 이방원 앞에서 그것이 무의미한 최후의 발악임을 스스로도 잘 안다. 시대의 흐름은 절망적이고, 죽음의 상황은 필연적이다. 이방원과 이성계가 문병을 요청했을 때, 그는 무슨 생각을 했을까? 만류하는 어머니의 목소리(까마귀 싸우는 골에 백로야 가지마라/성난 까마귀는 흰 빛을 시샘하니/ 청강에 좋이 씻은 몸 더럽힐까 하노라)를 뒤로 하고 죽음을 향해 떠날 때 그가 가슴에 품은 생각은 무엇일까? 그는 결코 이미 던진 주사위를 주워 담으며 의뭉과 위선을 떨지 않는다. 정몽주는 역사 앞에서 그리고 스스로에게 부끄럽지 않을 선택을 「단심가」라는 아름다운 한 수의 시조를 통해 밝히면서…시대의 한계와 절망을 장렬한 죽음으로써 초월한다. 그는 시대에 절망하기는 했지만, 결코 탄식하지는 않았다. 자신과 시대를 위해 끝까지 최선을 다했기에 그의 죽음은 눈부시게 아름답다.

삶보다 아름다운 죽음은 분명히 존재한다.

제3절 '기다림'을 넘어 또 하나의 '기다림'

사무엘 베케트, 〈고도를 기다리며〉

1. 피할 수 없는 '기다림'의 숙명

　기다림에는 인내와 자제가 요구된다. 기다림의 고통은 기다려 본 사람만이 안다. 바쁜 출근길 엘리베이터를 기다리는 초조함, 자식의 늦은 귀가를 기다리는 불안함 등은 끝이 있기에 그래도 괜찮은 편이다. 기약 없는 기차를 기다리는 막연함, 결코 오지 않을 연인을 기다리는 간절함은 단순히 애태움을 넘어서 무력감에 빠트린다. 보다 더 최악의 경우도 있다. 나의 유한성을 극복하고 내 삶의 목적이 되는 절대적 존재를 기다리는 것이다. 그는 구체적 시공간은 제시하지 않은 채 '반드시 오겠다'고, '꼭 기다려'라고 명령한다. 나는 꼭 오겠다고 한 절대자를 떠날 수도, 그렇다고 다른 일을 할 수도 없다. '그'는 '나'가 존재하는 유일한 목적이자 이유이기에 기다림을 멈출 수도 없다. 기다림이 오래 지속되면서 '그'는 기다림 외엔 어떠한 일도 할 수 없는 무기력하고 허무한 존재가 된다. 기다림은 인간 실존의 가혹한 형벌이자 운명이다. 사무엘 베케트(Samuel

Barclay Becket) 희곡 〈고도를 기다리며(En attendant Godot)〉(1952)는 오지 않는 절대자 '고도'를 기다리며, 무의미한 삶을 살아가는 인간의 부조리한 상황을 제시한다.

2. 절망과 환멸의 부조리극, 〈고도를 기다리며〉

블라디미르와 에스트라공에게 '고도'를 기다리는 것은 선택이 아닌 운명이다. 기다림의 대상만 존재하지, 기다림의 이유와 목적은 없다. '고도'가 누구인지 그들은 알지도 못한다. 막연한 공간인 '나무 앞'에 '도적같이 나타날' 고도를 그들은 잠시도 떠나지 못하고 '깨어' 기다린다. 블라디미르는 '고도가 자신들이 원하는 것에 과연 무엇이라고 말하는지 그 응답을 듣기 위해 기다린다'고 말한다. '뭘 원했냐'고 묻는 에스트라공에게 블라디미르는 '딱 부러지게 얘기한 것은 없다'고 말한다. 한마디로 블라디미르와 에스트라공의 기다림에는 흘러간 유행어처럼 '아무 이유가 없'기에 무의미하다. 구체적 시공간도, 목적도 없는 그들의 기다림에는 치열함도 없다. 그들에겐 대화도, 자살시도도 모두 유희다. 에스트라공이 말하는 바 인간의 '본질'은 '신에게 구속당한 존재'이다. 그 본질은 변함없기에 벗어나려 '발악'해봐야 소용없다고도 말한다. '발악'해봐야 더 빠져드는 수밖에 없기에 그들의 삶은 일종의 '늪'이다.

그들 앞에 포조와 럭키가 지나간다. 반어적 이름을 지닌 럭키는 인간 실존을 표상한다. 무거운 트렁크[財]와 접는 의자[住], 음식바구니[食]를 든 럭키는 외투[衣]를 걸치고 포조에게 결박당한 채, '더 빨리 가라'는 채찍에 휘둘린다. 럭키가 억압당하는 모습을 목도한 블라디미르와 에스트라공은 억압받는 타자의 모습, 어쩌면 자신의 모습일지도 모르는 모습에도 무심할 뿐이다. 억압당하는 가혹한 폭력의 장면을 목도하고도 이들은 '아무 일도 없었고, 아무도 나타나지 않는다'며 지루해 한다. 극의 끝에는 어제와 다름없이 소년 하나가 등장해 '고도는 오늘 저녁엔 못 오시지만 내일은 틀림없이 오시겠다'는 고도의 말을 전한다. 럭키와 포조는 또 지나간다. 에스트라공은 럭키를 학대하는, 타자를 구속하고 억압하는 포조가 '고도'가 아닐까 생각한다. 블라디미르는 단호하게 부인하지만, 그 태도가 너무도 강력하기에 오히려 긍정으로 보인다. 오지 않는 존재 '고도'에 대한 블라디미르와 에스트라공의 기다림은 그렇게 내일도, 모레도, 영원히 지속된다.

대학교 3학년 여름 부산 광안리 바다를 바라보는 소극장에서 희곡론 과제를 핑계삼아 이 연극을 단체 관람했다. 국문학도라면 문학적이고 학구적일 법도 하지만, 사실 우리들은 제사보다 잿밥에 관심이 더 많았다. 연극보단 뒷풀이에, 함께 있음 그 자체에 빠져 있었다. 전국일주라는 부산대 개교 이래 전무후무한 졸업여행을 다녀온 우리 학번의 자부심과 단결력은 타 학번의 추종을 불허했다. 바다가 주는 해방감에 젊고 아름다웠던 우리들은 마냥 열떠 있었다. 바다만 가면 '고래사냥' '해변으로 가요' 따위 노래들을 목놓아 부르면서, 모래사장에 둘러앉아 깡소주를 마셔댔던 우리는 그날도 밤바다에서 맡을 수 있는 퇴폐적이고 비릿한 갯내음을 만끽하다 연극을 관람했다.

희곡은 연극을 통해, 극중 인물은 배우의 연기를 통해 살아서 역동한다. 다 아는 내용이었음에도 불구하고 무대에서 새로이 펼쳐지는, 기만적이고 잔혹한 고도를 기다리는 에스트라공과 블라디미르의 극중 현실은 해변에서 잠시나마 해방감에 젖어 있던 나를 강력하게 질식시켰다. 눈앞에 펼쳐지는 인간 삶의 부조리, 권력으로부터의 억압, 의식주와 물질에 대한 인간의 집착과 나약함 그리고 저항의 무의미함…. 이것이 바로 네가 사는 세상이라고 말했다. 너(나) 또한 오지도 않을 신의 구원을 마냥 기다리다가, 항상 죽음을 고민하다가, 소통의 기능을 상실한 무의미한 대화만 나누다가, 생계에 얽매어 사슬에 묶인 개처럼 부림을 당하다 끝장날 거라고 배우들은 말했다. 이러한 천형이 바로 너(나)의 운명이기에 결코 벗어날 수 없다고 비수를 마구 찔러댔다. 그들 대사의 채찍은 눈물 정도로는, 피눈물 정도로는 버틸 수 없는 가혹한 형벌이었다. '이제 그만!'을 외치며 벌떡 일어나 뛰쳐나가고 싶은 충동을 초인적 자제력을 발휘하여 간신히 억누르고 있었다. 거의 두 시간이란 결코 짧지 않는 시간동안 난 발작을 일으킬 듯 부들부들 떠는 손을 꼭 마주잡고 인간 존재와 삶, 그리고 신에 대한 환멸 속에서 허우적거렸다. 극이 끝날 때쯤 난 완전 탈진했었다. 그 이후 난 어떤 순간에도 사무엘 베케트 〈고도를 기다리며〉를 언급하지 못하고 외면한다. 그 끔찍했던 순간은 차후라도 정면 도전은 생각지도 못할, 두 번 다시 떠올리기 힘든, 너무나 끔찍한 순간들이었다.

3. 부조리 극복을 위한 타자의 배치

'부조리'란 인간 실존의 현주소이다. 목적을 가지고 태어나지 못한, 우연히 내던져진 인간과 그를 둘러싼 세계는 정연한 '조리'로 설명할 수 없는 '부조리' 그 자체이다. 부조리한 인간 실존을 형상화한 사무엘 베케트, 알베르 카뮈, 이오네스코 등의 문학을 우리는 '부조리의 문학'이라 칭한다. 카뮈는 『시지프스의 신화』(1942)에서 부조리한 상황에 처한 인간 실존의 어려움, 그럼에도 불구하고 무의미한 삶을 시지프스처럼 묵묵히 그러면서도 적극적으로 살아내는 것에서 인간 정신의 위대함을 말하

기도 한다. 그러나 이후 「오해」(1944), 「칼리굴라」(1945)에서 밝히듯 부조
리한 인간 조건에서 벗어나 자유를 찾는 일은 힘겨운 일임을 밝힌다.

　인간은 부조리하고 유한자적인 존재이다. 인간은 자신이 속해있는 시
공을 초월해서 세계를 조망하고 삶에 가치를 부여할 무한한 전지적 시선
과 능력을 가지지 못하는 존재이다. 인류의 역사는 각 개체가 지닌 유한
성과 부조리함을 보완하기 위해 '타자'의 시선을 배치한다. 각 개인 주체
들은 '타자'들을 통해 시공을 초월하고, 자신의 유한성과 부조리함을 극
복할 수 있다. 버클리를 비롯한 합리론에서는 '나'의 유한성을 보충해 줄
존재의 자리에 '절대적 타자' 즉 '신'을 도입하고, 스피노자·들뢰즈를 비
롯한 경험론에서는 삶에서 만나는 '세속적 타자'를 제시한다. '절대적 타
자'든 '세속적 타자'든 인간은 타자들과의 공존을 통해 '총체적 전망'을
지니게 되고, 이를 통해 '나'의 불안함 즉 인간의 부조리함과 유한성은
보완된다. 사무엘 베케트는 〈고도를 기다리며〉를 통해 '초월적 타자'의
부재와 기만적 속성을 고발한다. 그러면 우리에게 남은 판돈은 '세속적
타자' 뿐이다.

　'세속적 타자'와의 만남으로 인한 인간의 유한성 보완의 과정 속
에 중요한 개념이 등장하는데, 그것이 바로 비트겐슈타인의 '아장스망
(agencement)'이다. '명제'와 '조건' 즉 언어에 의해 사물과 사건의 '참'과
'거짓'을 규명하는 비트겐슈타인에게 '타자'란 '나'와 삶의 규칙 및 조건
이 다른 존재이다. 다른 '타자'와 마주친 '주체'는 낯섦을 경험한다. '나'
와는 다른 정치적 입장, 미적 취향 등의 인식과 감성의 체계 차이를 인식
하게 된다. 문제는 '나'가 그 '타자'를 지속적으로 만나는 경우, '나'는 그
'차이'로 인해 '나'의 조건과 규칙, 나의 세계가 변모의 필요성 및 위험성
을 자각할 때 생겨난다. 그러나 '나'는 '타자'를 사랑하는 경우 기꺼이 자

신의 삶을 변모시키고, 스스로의 삶을 새로이 배치하게 된다. 이러한 새로운 배치를 '아장스망(agencement)'이라 부른다. 지금까지 내가 영위한 삶의 규칙들은 '타자'를 통해 완전히 새롭게 재편됨으로써 '나'는 미래의 세계로 진입하게 되고 부조리함과 무의미함을 극복할 수 있다. '나'의 삶에 '타자'가 없다면 나는 과거의 한 시점에 영원히 매몰된 삶을 살 수 밖에 없다. '나'는 '타자'를 통해, '타자'와의 사랑을 통해 매순간 '나'의 한계를 넘어서게 된다.

여기서 명심해야 할 것은 '타자'가 단순히 '주체'를 위한 '도구'적 존재가 아니라는 점이다. 들뢰즈 철학의 핵심은 '세속적 타자'와 '나'는 계급·인종·성·민족 등 각자가 처해있는 상황과 조건을 초월하여 동일한 존재로서의 위상을 가진다는 것에 있기 때문이다. 기득권이 지닌 '영토'를 해체하고, 지상에 존재하는 개체의 수만큼의 '천개의 고원'이 있음을 말하고, 그들 '소수'의 존재와 권리를 보장하는 철학과 문화의 토대를 다지는 것에 들뢰즈 철학의 지향점이기 때문이다. 스피노자의 철학 역시 '주체'를 위해 '타자'의 희생을 철저히 배제한다. 스피노자가 주장하는 '코나투스의 증진'은 주체와 타자 사이의 쌍방향적 성격을 지님을 기억해야 한다. '나'는 '나'의 한계를 넘어서서 다른 공간으로, 미래의 시간으로 전진해야 한다. 그 과정에서 '타자'에 대한 배려와 동반자로서의 인식은 그 무엇보다 중요하다. 타자와의 동반 없는 주체만의 질주는 결국 다시 주체의 유한성에 귀착될 뿐이기 때문이다.

4. 새로운 기다림, 희망의 원리

문학이란 작가의 인생관과 세계관의 표상이다. 문자 그대로 살아보니 인생은 어떠하더라, 세계는 어떠하더라는 개인 통찰의 기록이다. 2차 대전의 악몽을 목도한 사무엘 베케트에게 '고도(Godot)'가 주관하는 세상, '고도'를 기다리는 인간 존재는 부조리하다고 생각할 수밖에 없었을 듯하다. 그러기에 구원과 자유는 결코 세상에 존재하지 않는다는 비극적 세계관을 가질 수밖에 없었을 듯하다. 연극을 본 후 이십 년이란 세월이 지나면서 지금 내가 깨닫는 것은 세계와 자아에 대한 성찰은 새로운 기다림과 행동으로 이어져야 한다는 것이다. 현대인은 베케트와는 다른 시공간을 살아가기에, 결코 오지 않을 '고도'에 대한 기다림을 멈춰야 한다. 우리가 기다려야 할 대상은 '고도'가 아니라 '부조리한 현실로부터의 자유'이다. 궤변론자들은 그 자유가 바로 '고도'라고 주장할 수도 있을 듯하다. 물론 현실은 여전히 부조리함을 인정한다. 그로부터 해방시킬 '자유'의 실현은 영원히 불가능할 지도 모른다. '얼마나 긴 세월 흘러야 사람들은 자유를 얻냐'는 질문은 '바람'만이 답변할 수 있기에 묻지 않는 것이 최선임도 인정한다. 그러나 자유에 대한 희망은 타자와의 공존이라는 실천에 의해 인간이 처한 부조리한 현실은 점진적으로 개선될 수 있음에 나의 삶을 걸어본다.

우리는 타자와의 공존을 통해 존재의 유한성과 부조리함, 무의미함을 넘어서야만 한다. 그래서 '럭키'처럼 의식주에 대한 갈망에 함몰되어 행운만 바라면서 사는 무기력한 태도가 아닌 지금 현재 내가 할 수 있는 일을 하며 적극적으로 나와 너의 자유를 향한 연대를 실천하는 것에 나의 문학을 걸어 본다. 구속으로부터 자유로운, 빈곤으로부터 풍요로운 세상을 오늘도, 내일도, 영원히 지속적으로 그리고 능동적으로 기다려 본다.

제4절 '나-너'를 향한 외로움의 비가(悲歌)

이청준, 「별을 보여 드립니다」

1. 외로움, 현대인의 존재조건

'외로움'은 현대인의 존재 조건이다. '외로우니까 사람'이라는 정호승의 시처럼, 외로워야만 사람이 될 자격이 주어진다. 114 안내 전화, 서비스 센터 전화, TV광고…'고객님! 사랑합니다.'를 전 방위적으로 외쳐대기에 우리는 사랑의 홍수 속에 내동댕이쳐졌다. 교환가치·상징가치가 지배하는 후기 자본주의 사회를 살아가는 우리에게 허용되는 사랑의 고백은 '혼과 혼의 만남'이 아닌 명품백·자동차 등의 고가물의 교환으로 대치된다. 사랑은 고가의 화폐와 교환되고, 그 사물의 상징 가치가 곧 '나'라는 존재의 가치를 규정하기에 '나'는 '사물화'된다. '사물화'된 인간 관계에서 외로움을 느끼는 자, 그가 바로 '사람'이다. 이청준 소설 「별을 보여 드립니다」는 사물화된 '나'들 속에서 살아가기에 좌절한, 외로운 사람인 '그'의 모습을 보여준다.

2. 천상과 지상을 넘나드는 외로움의 절규

'그'는 '혹독한 형편' 속에서도 명문 S대 천문기상학과를 졸업한, 남들이 보기에 무척 강인한 존재다. 대학 졸업 이후 '남들처럼' 살기를 갈망한 '그'는 대학 졸업식에 친구들을 불러 자신을 축하해 달라고 부탁하기도 하고, 시골 어머니 장례식에 갈 차비를 빌려달라고 한다. 그러나 친구들은 한결같이 '자기 나름의 딱한 사정'을 들어 '그'의 부탁을 정중히, 그리고 상식적으로 거절한다. '그'가 친구들에게 요청한 것은 '축하'와 '차비'가 아니다. 인간으로서, 친구로서 마땅히 바랄 수 있는 관심이고 사랑, 그리고 위로였다. 유일한 혈육인 어머니의 죽음은 두 달 동안 잠적해 폐인으로 지낼 만큼 '그'에겐 충격적 사건이다. 그럼에도 불구하고 친구들은 문상은커녕 빌려 달라는 차비조차도 '며칠 뒤'라는 말 아닌 말로 '그'를 정중히 거부한다. 친한 친구라면 문상 정도가 아니라 장례 치르는 전 기간 함께 슬픔을 나누고 궂은 일 함께 하는 것이 당연한 일이다. 그러나 '그'의 친구들의 머릿속엔 이른바 그런 기본적인 '개념'조차 없다.

잔인한 현실을 겪었음에도 불구하고 강인한 '그'는 세상과 친구에 대한 기대를 꺾지 않는다. '그'는 대학 졸업 후 취업과 연애 등 '남들처럼' 살아가기 위해 나름 삶의 해답을 모색한다. '웬만한 능력만 있으면 한국은 썩 살 만한 곳'이라는 생각도 가져본다. 그러나 합리라는 명분으로 타인의 외로움에 무관심한 현대인의 틈 속에서 '그'는 외로움을 견뎌내지 못한다. 결국 유학이란 명목하에 스스로를 그들로부터 추방한다. 자기가 왜 불행해져야 하는지 이유를 알 수 없다며, 불행한 자신을 떠나라고 연인으로부터도 도망친다. 추방당하면서 '그'는 친구들에게 저주를 퍼붓는다. "바라건대 너희들에게 불행이 있기를… 너희들에게도 사람이 그리워

질 때가 있었으면 하기 때문에….”

자신의 땅에서 유배당한 ‘그’는 당연히 영국에서도 외로움 극복이라는 지상 과제 수행에 실패한다. 3년 만에 한국에 돌아온 ‘그’는 거짓말과 도벽으로 친구들의 관심을 도발해 보지만, 교양과 절제에 익숙한 친구들은 그의 기행을 ‘고맙게도’ 모른 체한다. 우방국 원수라는 멀고 먼 존재를 환영하기 위해 지상은 환영 무드로 술렁이지만, 정작 구체적이고 실재하는 ‘그’는 ‘배반’당한다. “거기선 언제나 혼자라고 생각했으니까. 그런데 여기서는 혼자가 아니라고 생각되는 데도 엄청나게 더 외로워지기만 하거든.” 지상에서 거부당한 ‘그’가 결국 눈 돌릴 곳이라고는 천상뿐이다. ‘그’는 천체 망원경을 구입해서 하늘의 별만 쳐다본다. 친구들이 망원경을 만질라치면, ‘제발 별만이라도…별만이라도 그냥 내 것으로 놔둬 줘’라고 애원하는 ‘그’의 절규는 처참하리만큼 가련하다.

결국 ‘그’는 또다시 영국으로 떠날 것을 ‘나’에게 통보한다. 그제서야 ‘나’는 유형지로 떠나는 ‘그’의 마지막을 짐작하고, 소위 ‘친구’들과 함께 ‘그’의 환송식을 준비한다. 언제나 ‘나름의 절박한 사정’으로 ‘그’를 외면한 친구들은 ‘나’의 협박에 모두 환송식에 오겠다고 함으로써, ‘절박함’은 단지 핑계에 불과함이 명시되고 ‘그’의 외로움은 더욱 도드라진다. 환송식을 준비하는 ‘나’의 머릿속은 언제나처럼 추방당하는 ‘그’에 대한 안쓰러움보다는 자신의 일정과 수지타산을 맞추느라 분주하다. 타산적인 ‘나’, 그러나 자신의 문맥 속에선 언제나 사려깊은 존재인 ‘나’는 환송식 전 ‘그’를 만났을 때조차도 ‘그’의 아픔과 좌절, 상처엔 관심이 없다. ‘나’의 머리엔 행사를 걱정할 뿐이고, 결코 ‘우리’가 될 수 없는 ‘나’와 ‘그’를 기다리는 친구들의 기다림에 애가 쓰일 뿐이다.

‘그’는 형식적 관계만 존재하는 환송식을 거부하고, 세상 속에서 ‘그’

또한 '나'처럼 '사람'이 아닌 '현대인'이 되기를 결심한다. 영국으로 떠나겠다는 자신의 말이 거짓말임을 인정함으로써 세상의 질서에 편입한다. 그리고 더 이상은 사랑과 관심을 구걸하지 않겠다는 결의에 찬 각오로 세상에 설 전의를 다진다. 이러한 결심은 망원경을 장례지내는 것, 즉 자신의 세계에서 '별'을 완전히 몰아내는 행동으로 전이된다. '이 놈(망원경)을 오래 가지고 있으면, 세상에 팔 것 같다'고 하면서 망원경을 '별의 무늬가 가득 내린 강물' 속에 고이 묻는다. 세상에 망원경을 다시 파는 행위는 세인들에게 별을 볼 자격을 부여하는 행위, 즉 사랑과 관심, 소통을 기대하는 행위다. 이미 여러 번 배반을 경험한 '그'이기에, 이제 '그'는 더 이상 타인과의 공감이란 헛된 희망은 품지 않는다. 뿐만 아니라 천상의 '별'로부터 자신 또한 추방한다. 그러나 천상의 '별'만을 바라볼 수 있는 유일한 통로인 망원경만큼은 자신이 포기한 '별의 꿈'을 꿀 수 있도록, 사랑과 위안을 얻을 수 있도록 강물 속에 장례 지낸다. 그리고 '그'는 비감에 차서 말한다. '이제 그만 저어 나가지.'

이청준 「별을 보여 드립니다」는 '외로움'의 비가(悲歌)다. '인간적인 너무나 인간적'이어서 한 땀 한 땀이 슬픈 소설이다. 작가 이청준은 합리와 교양이 지배하는 현대인의 틈바구니에서 '사람'으로 살아가는 '그'의 고립감과 단절, 그로 인한 외로움의 실존을 담담하면서도 절절하게 이어 나간다. 너무도 담담하기에 '그'의 외로움이 엿보이는 지점에서 우리는 절망의 심연으로 침잠한다. '외로우니까 사람'인 '그'는, 외롭지 않은 현대인 '나'의 서술에 의해 매순간 무참하게 배반당한다. '그'의 외로움과 절망의 깊이가 밑도 끝도 없다고 생각되는 것엔 '나'라는 서술자가 지대한 역할을 한다. 「별을 보여드립니다」의 서술자인 '나' 역시 외로움을 모르는, 영민하고 쿠-울(Co-ol)한 현대인이다.

수잔 랜서는 서술자의 성격을 규정하는 조건으로 '입장', '접촉', '자격'을 내세운다. 서술자인 '나'는 표면적으로 '그'와 가장 친한 친구이기에 친근한 '접촉'을 지니고, 높은 지적 수준과 교양이 몸에 배어 있기에 서술하기에 충분한 '자격'을 지녔다고 할 수 있다. 한마디로 '나'의 진술은 충분한 권위와 신뢰성을 지닌다. 그러나 '나'는 '그'와 근본적으로 다른 '입장', 즉 인간적으로 친밀한 관계인 '나-너'의 관계가 아닌 사물화ㆍ기계화ㆍ도구적 관계인 '나-그것'으로 '그'를 대한다. '나'와 '그' 사이엔 서로에 대한 관계 인식 측면에 극복할 수 없는 '입장'의 차이가 존재한다. 그 입장의 차이로 인해 '그'의 외로움을 기술하는 '나'의 서술은 지나치게 담담하다. '나'에게 '그'는 '외롭다'라는 뉘앙스의 치사함과 저렴함을 망각한 '찌질이'일 뿐이다. '나'에게 지속적으로 애정을 구걸하는 '그'는 단지 거추장스럽고 부담스러운 존재일 뿐이다. 그런 '나'이기에 서술자 '나'가 가지고 있는 막대한 진술적 권위는 오히려 '그'의 고독을 가중시킨다. '나'는 도무지 '그'를, 이른바 '절친'인 '그'의 외로움을 짐작은 하지만, 그의 외로움에 동참하지 않고 냉정하게 거리를 유지한다. 그래서 '나'는 안전하고 세련된 현대인이다. '절친'인 '나'로부터도 외면당한 '그', 사물화된 '그'는 그래서 처절하게 외롭다.

3. 외로움의 '비가'에서 환희의 '송가'로

마르틴 부버는 『나와 너』에서 인간을 근본적으로 타인과 함께 하는 존재라고 규정하고, 이를 '근원어'인 '나-너', '나-그것'으로 구분한다. '나'가 타인을 '너'로 인식하는 근원어 '나-너'의 관계는 인격적이고 참된 삶의 만남으로 온 존재를 기울여야 인식된다. 반면 '나-그것'의 관계는 비

인격적인 만남으로 지식의 세계로 타인을 단순히 객체화·대상화 한다. '나-그것'의 관계는 타인을 사물과 같이 다루어 수단으로 삼는 개인적 관계 형성의 차원을 넘어서 학문과 문화 및 종교 교리 설정에 공시적이고 역사적으로 개입함으로써 사회 체계 및 구조의 바탕을 이룬다. '나-그것'의 관계는 생활·문명 등의 혁신을 이룬 것에서 그 성과를 인정할 수도 있지만, 결과적으로 '너'를 '그것'으로 만들어 버림으로써 현대 사회를 독백만이 존재하는 사회로 전락시킨다. 이에 부버는 '나'는 '너'를 회복하는 만남과 대화만이 자기를 잃어버리고 고독해 우는 인간에게 진정한 자기를 회복하고 참된 인격적 공동체를 만들어 갈 수 있을 것이라고 주장한다.

우리는 모두 외로운 '그것'이다. '한 사람에게라도 삶의 위로가 될 때 비로소 가치 있는 나의 인생'은 브라우닝의 시 속에서만 존재한다. 현실에서 우리는 함께 하고 싶은 사람, 공간, 집단 속에서 유배당한 유형수일 뿐이다. 각자가 자기만의 밀실에 갇혀 독백만 웅얼거린다. 어느 누구도 공감해 주지 못하는 눈물은 남몰래 흘려야 한다. 거대 집단 속에서 군중 속에서 이해관계와 타산만 따지다 우리 인생은 끝난다. 그것이 우리 실존이 처한 비극적 현실이다. 너무나 너무나도 슬픈 우리의 현실이다. '그'의 처절한 독백, '제발…별만큼은 내 것으로 남겨 달라', '이제 그만 저어 나가지'란 말을 옮길 때마다 난 목에서 뜨끈한 것이 치밀어 오름을 느낀다. 모두가 즐거워하는 졸업식에서 도망치듯 빠져나와야만 하는 '그'의 모습, 유일한 혈육 어머니를 보내고 위로 한마디 들을 수 없었던 '그'의 외로움, 항변과 간청으로 도둑질과 거짓말을 해대는 '그'의 간절함을 목도할 때마다 나의 가슴은 추를 단 듯 끝없이 추락한다. '그'를 위로하는 것, 그래서 '그'를 구원하는 그리 힘들고 손해보는 일도 아닌 듯한

데…너무나 냉정하고 세련된 '나'를 원망도 해 본다.

현실에서 나는 '나'인 동시에 '그'이기도 하다. 서로를 '그것'으로 만드는 자본주의 체계는 개인의 힘으로는 도무지 어찌하지 못하는 괴물임이 틀림없다. 그래서 현실의 나 역시 저항을 포기하고 망원경을 수장시킨 후, 타인을 사물로 대하며 살아간다. 그런 나에게 이청준의 「별을 보여 드립니다」는 '그'의 독백을, '그'의 외로움을 바라보게 한다. '그'의 슬픔에 함께 울고, 함께 그치고, 함께 일어설 것을 명한다. 그리고 '그'를 '사물'이나 '그것'이 아닌 '너'로 대할 것을 명한다. 외로워서 사람인 나는, 우리는 이제 '너'와의 만남과 대화를 통해 저마다의 외로움을 극복해야 한다. 그것만이 이 지상에서 외로움의 비가(悲歌)에서 환희의 송가(頌歌)를 부를 수 있는, 참된 공동체를 형성할 수 있는 유일한 길이다.

제5절 절망의 시대, 환멸의 인간

정미경, 「내 아들의 연인」과 「밤이여, 나뉘어라」

1. '아비투스'의 늪-정미경, 「내 아들의 연인」

1) 중년, 재생 불가능한 '가장 잔인한' 시절

추억은 아련함을 남긴다. 한 개인 특히 현재 자신의 삶에 완벽하게 만족하지 못하는 경우, 과거는 보다 더 아름답게 각색되고 채색된다. 좋은 기억이든, 나쁜 기억이든 '우리가 존재하던 방식'인 추억은 되돌릴 수 없다는 사실만으로 애틋하다. 욕망은 아쉬움을 남긴다. 대다수의 사람들은 어릴 때 꿈을 이루지 못한다. 사람이든 재물이든 권력이든 원하는 것 또한 얻지 못한다. 능력 이상의 것 · 바라지 말아야 할 것을 갈망한 자신의 어리석음을 젊음의 치기였다고 우격다짐을 해 보아도, 현실 적응과 연륜이라며 완충 장치로 상처를 감싸 매어도, 때때로 이루지 못한 욕망의 파편들은 우리에게 아쉬움을 남긴다.

T. S. Eliot이 「황무지(The Waste Land)」에서 지적한 바, 사월은 죽음의

공간, 자신의 삶의 터전인 '황무지'에서 아픈 과거를 들추어내는 '가장 잔인한 달'이다. 사월은 과거 아련한 추억과 아쉬운 욕망을 뒤섞어 겨우 봉합한 상처를 대책도 없이 파헤친다. 재생할 수 없는 인생에서 재생을 갈망하게 만드는 사월은 '가장 잔인한 달'이다. T. S. Eliot의 「황무지」는 시인이 직접 밝힌 바, "하찮은 인생에 대한 개인적 불만의 토로"이다. 인간의 삶은 그의 시처럼 무질서하다. 우연적이고, 파편에 불과하다. 일관성 없는 욕망과 추억이 뒤틀려 있을 뿐이다. 삶이란, 세월이란 그 뒤틀림을 단지 견디며 죽음을 향해 가는 것일 뿐이다. T. S. Eliot 「황무지」의 경구, 쿠바 무녀의 "죽고 싶다"는 저주스런 갈망으로 시작하는 정미경 소설 「내 아들의 연인」은 중년 중산층 여성의 '죽음'과 같은 무채색 삶을 그려낸다.

2) 중산층, 갈망 없어 가난한 얼굴들

정미경 소설 「내 아들의 연인」의 '나'는 집에 혼자 남으면 집이 '텅 비었다'고 생각하는 전업주부이다. 태엽인형처럼 규칙적이고 오류를 모르는 사업가인 남편, 울트라 부잣집 아들의 전형인 '현', 강남 중산층의 '주제'에 맞게 쇼핑과 피부 관리 및 테라피 등으로 하루를 소비하는 딸 '명'을 가족으로 둔, '결혼이라는 벤처에 성공한 투자자'인 중산층 전업주부이다. '나'는 한때 '쇼팽(Chopin)'을 '초핀'이라 읽는 가난한 재수생을 사랑하기도 했다. 그러나 '타이밍'이라는 애매한 핑계를 대며 '초핀'과 헤어진 후, '교활한 계산법'에 의해 사업가인 남편과 결혼한다. 그 결과 '아무 갈망 없어 가난한 얼굴'로 하루하루를 권태롭게 살아간다.

무채색의 중년 '나'는 연두빛의 여대생 도란을 만난다. '아들의 연인' 도란은 컨테이너 박스에서 동생들을 부양하면서 살고 있는 '청년 가장'

이다. 대학원에 진학해서 T. S. Eliot을 공부하고 싶어 하는 학구파이고, 자신의 가난을 벗어나야 할 버거운 짐으로 여기지 않는다. '나'는 당당하고 눈부신 도란이의 젊음에서 과거 자신에겐 부재했던 순수함과 현재 자신에게 아련히 멀어진 '연두색'의 풋풋한 봄날을 본다. '나'는 도란을 너무나 좋아하지만, 아들과 다른 별나라에서 살기에 헤어질 수밖에 없음을 짐작하기에, 애써 친해지지 않으려고 노력한다. 결국 울트라 부잣집 아들인 '현'은 컨테이너 때문은 아니라고 자기변명을 해대며, 그러나 결국 도란의 가난한 세계를 수용은커녕 묵인조차 못하고 도란을 떠난다. 그러나 난 '도란'을 통해서 '나'가 누구인지, 그리고 자신이 살아가는 세계가 어떠한지를 인식한다.

T. S. Eliot은 그의 시 「황무지」의 첫 구절을 쿠바 무녀의 '죽고 싶다'는 저주로 시작한다. '불멸'이란 마법에 걸려 죽지 못하고, 말라 비틀어진 쿠바 무녀에게 단 하나의 소원은 '죽고 싶다'이다. 정미경 「내 아들의 연인」의 서술자 '나'는 쿠바 무녀보다 더 비참하다. 한때는 가난한 연인과 '연둣빛'의 연애라는 것을 하며 함박웃음을 미친 듯 웃었던, 눈부신 젊음을 누리기도 했지만, 지금은 빛이 바랜 초라한 중년 여인이다. 어느 누구도 '나'에게 쿠바 무녀에게 한 질문, '넌 무얼 원하냐'고 묻지 않는다. '나'는 식사 메뉴, 아이들 미래 말고는 더 이상 나눌 화제도 존재하지 않는 남편과 그저 살아갈 뿐이다. '나'의 삶은 '독한 용액에 담겨 끝부터 서서히 녹아 버려 머리만 남은 긴 뱀, 이젠 토막 난 몸뚱아리로 꿈틀 거리며 살아 갈' 뿐인, 허망한 삶이다. 소외되고 고독한 '나'는 '늙고 시든 채로, 손에 쥔 먼지만큼의 날들을 살아내야 할 생' 앞에 그저 아득할 뿐이다.

'나'가 살아가는 세계 또한 중산층의 위선과 허위 그 자체이다. 사업가 남편은 '개나 소나 차를 끌고 다녀' 도로가 정체된다고 화를 내며, 휘발유

값을 리터당 만 원을 받아야 한다고 주장한다. 딸 '명'은 '집안 살림은 죄다 남에게 맡겨 놓고도 뭐가 부족해서 종일 칭얼'거릴 뿐만 아니라, 가난한 도란을 '너무 주제를 모르는 뻔뻔한 파렴치'로 비난한다. 아들 '현'은 스스로 능력으로는 단 하루도 살지 못하면서 아버지 통장 잔고를 자신의 돈으로 착각하며 살아간다. 같은 아파트에 살고 있는 중산층 이웃 역시 자신 가족과 별반 다르지 않다. 소형차 한 대 값에 해당하는 부서진 백미러의 수리비용을 가난한 기사에게 부담시키는 차주, 자신을 방문한 손님이 범인인 줄 알면서도 침묵하는 앞집 여자 모두 냉정하고 이기적이다. 같은 아파트 주민인 '나' 역시 뺑소니 현장을 목격하고도 이웃과의 불편한 관계가 두려워, 돈이 없어 '미칠 것 같은' 기사의 딱한 사정을 듣고도 비겁하게 입을 다문다. '나'는 이 모든 사람들로 구성된 자신의 생활 문화적 환경, 즉 중산층의 아비투스에 환멸을 느끼지만, 그에 대한 어떠한 각성도 행동도 없다. 그저 시간이, 세월이 흘러 자신의 덥혀 주는 체온이 식어가길 권태롭게 기다릴 뿐이다.

3) 출구 없는 아비투스

피에르 부르디외는 현대 사회의 계층차이가 유발하는 특수한 문화차이를 주체와 사회 구조를 매개하는 '아비투스(Habitus)'의 개념을 통해 해석한다. '아비투스'는 '행위 주체의 주관 속에 내면화되고 구조화된 사회 질서'로, 상속을 통해 그리고 문화와 교육을 통해 우리 사회속에서 영속한다. 사회 주체들은 자기가 속한 계층이 소유한 '문화적 자본'에 대한 특정한 취향을 '티냄'으로써, 타 계층과 '구별 짓기'한다. 이 구별 짓기로 인해 계층 간의 간극 및 불균등은 유지·확장되며, 계층은 재생산된다. 부르디외는 이러한 상황을 '전복'시키기 위한 대안으로 현재 아비투스를 재생산하는 교육과 문화의 역이용, 현실을 타파하려는 지식인들의 '지적 사랑' 및 '영적 훈련' 그리고 '아비투스 상속의 코페르니쿠스적 거부' 등을 주장한다.

정미경 「내 아들의 연인」은 중산층 중년 부인의 자기 환멸적 시선으로 후기 자본주의 사회의 아비투스를 예리한 칼날로 해부한다. 「내 아들의 연인」의 서술자 '나'는 중산층에 편입되길 교활하게 갈망했고, 편승 이후 그들의 아비투스를 적극적으로 내면화한다. 화석화되던 '나'에게 도란은 하나의 출구였고, 기회였다. 과거 눈부신 추억과 순수한 욕망을 떠올리게 함으로써 중년의 나이에도 연둣빛의 삶을 갈망하게 하였고, 도란을 수용함으로써 '상속의 코페르니쿠스적 거부'를 감행할 기회를 가지기도 한다. 그러나 '나'는 도란의 존재를 '권태로운 삶의 여행지에서의 우연히 만난 UFO같은 존재' 즉 비현실적 존재로 규정함으로써 아비투스를 전복시킬 기회를 상실한다. 자기 자녀들인 현이와 명이의 아비투스 상속을 못마땅해 하면서도 방관만 하고, 이미 '구별지어진' 타 계층간의 간극을 외면한다. 삶의 중요한 전환점인 배우자 선택에서 이미 잘못 디뎌진 걸음이기에, '나'는 권태와 환멸의 늪 속에 빠져 허우적거린다. 결과적으로 연둣빛의 눈부신 젊음은 사라지고, 무채색의 무료함만 남는다. 시간이 지속될수록, 몸부림칠수록 늪 속에 더욱 깊이 빠져들 뿐, 출구는 존재하지 않는다.

2. 일등도 괴로워－정미경, 「밤이여, 나뉘어라」

1) 사막과 오아시스의 변증법

몇 년 전 이집트를 여행하면서, 넓게는 사하라 사막에 해당하는 리비아 사막에서 하룻밤 야영한 적이 있다. 사막하면 떠오르는 단어가 있다. '어린 왕자'와 함께 나의 가슴을 설레게 하는 단어, 바로 오아시스이다. '어린 왕자'와의 만남을 위해서는 반드시 사막에 불시착해야만 하는, 즉 삶의 한계상황을 경험해야만 한다. 하지만 오늘날 오아시스는 프로그래밍된 여행 상품에 의해 일단 사막에 가기만 하면 별 노력 없이도 바로 볼 수 있다. 오아시스에 대해 개인이 품은 환상의 원형이 어떠하든 실제 오아시스의 크기는 아주 다양하다. 거대한 상단이 사막을 횡단하다 며칠이고 쉬어가면서 피로를 풀 수 있겠다는 생각이 들 정도로 아주 큰 규모의 오아시스도 있다. 그러나 작열하는 태양의 열기를 어떻게 견뎌냈나 싶을 정도로 수영장 크기 심지어 욕조 정도밖에 되지 않는 아주 작은 오아시스도 있다. 오아시스의 실체가 어떠하든 또한 그 존재 여부조차 불확실하다 할지라도 우리는 오아시스라는 단어 그 자체 혹은 뉘앙스만으로도 위안에 젖는다. 그 이유는 우리가 사막과도 같은 삶 속에서 살고 있기 때문이다. 황폐하고 황량한 곳에 내던져진 삶일수록 오아시스에 대한 갈망은 간절하다. 오아시스와 사막은 서로 기대어 존재하는 짝패이다. 오아시스는 사막의 고통과 함께 할 때만 진정한 오아시스이다.

2) 오아시스만 존재하는 1등, 사막만 존재하는 2등

정미경 「밤이여, 나뉘어라」의 주인공 P는 '신에게 특별한 은총을 받은', 모든 것을 다 가져본 자이다. P의 인생엔 불가능이란 존재하지 않는다. 고등학교 학창시절 때부터 P는 단 한 번도 수석을 놓쳐본 적이 없는 천재이다. 뿐만 아니라 P가 쓴 습작 포르노 소설은 그 어떤 소설에서도 맛볼 수 없었던 '그 미칠 듯한 몽환의 느낌'을 가지게 하는 등 모든 영역을 아우르는 P의 재능은 인간적 한계를 넘어선다.

P의 고교 동창이자 서술자인 '나'는 너무나 쉽게 모든 것을 다 소유한 P의 삶과 재능을 선망한다. '나'의 삶의 목적은 단 한 번만이라도 P를 이겨보는 것이고, 그를 위해 '나'는 할 수 있는 최선의 노력을 기울인다. 그럼에도 불구하고 '나'는 P를 모든 분야에서, 심지어 연애분야에서도 그야말로 단 한 번도 이겨보지 못한다. P는 의대에 수석합격하고, P를 단 한 번이라도 이겨 보고자하는 눈물겨운 노력 덕택에 '나'는 수석은 아니지만 '과분'하게도 의대에 합격한다. P는 내가 남몰래 흠모한 M과 함께 미국에 건너가 미국 서부 최고 의대 외과 캡틴이 되고, 수술실의 수많은 전설을 남기는 명의가 된다. 결국 나는 P와 동일한 분야에서의 경쟁, 즉 의사의 길을 포기하고 '미친 놈' 소리를 들어가며 영화감독의 길에 입문한다.

라이벌이란 강을 사이에 두고 양안을 나란히 달리는 자이지만, '나'는 단 한 번도 P와 나란히 달려보지 못한, 언제나 뒤에서 숨가빠한 열등생에 불과함을 결국 인정한다. 대신 '나'는 '그가 할 수 없었지만, 내가 해낸 것'을 그 앞에 당당히 내밀기 위해 의사의 길을 포기하고 작가주의 영화감독의 길을 선택하는 것이다. '나'는 미래 감독으로 성공한 나의 모습을 P에게 보여주기 위해, 미국 생활을 거쳐 북유럽으로 향한 그의 삶의 좌표를 언제나 확인해 둔다. 마침내 영화감독으로 크게 성공한 '나'는 북유럽의 영화제 및 대학 강연에 초대받는다. 나는 드디어 P 앞에 나설 자신감을 획득하고, 자기 인생의 지상목표 즉 P에게 단 한 번이라도 자신의 능력을 인정받기 위해 '나'는 지상의 끝 노르웨이에 살고 있는 그를 찾는다.

P와의 재회의 장소인 예테보리 항구에 위치한 커피숍의 '따스한 불빛'과 '차갑고 딱딱한 의자'가 공존하는, 또한 P와 M이 살고 있는 노르웨이운자 크레보의 '천국 같은 아름다움'과 '황량함'이 공존하는 모순적 공간

성은 P와의 만남의 성격을 예고한다. 내 삶 욕망의 추동자이자 욕망의 매개자인 P는 '나'의 삶과 마음에 이미 우상으로 자리매김되어 있다. P는 전 세계가 칭찬해 마지않는 '나'의 영화를 무심히 보더니 결말처리에 대한 몇 가지 조언을 하고, 자신의 영화관을 피력한다. P의 조언을 들은 '나'는 왜 나는 저런 생각을 못 해내는가에 좌절한다. 초청받은 대학에서 영화에 대해 강연할 때에도 전날 밤 P가 '나'에게 설파한 영화관을 앵무새처럼 그대로 되풀이하면서 '나'는 또다시 절망한다. P는 역시 P이다. 전혀 다른 분야에서 아무리 노력한다 할지라도 '나'는 결코 P를 능가할 수 없음을 자각한다. P는 예테보리의 '불빛'이고, 운자 크레보의 '천국 같은 아름다움'이었다.

그러나 현실 속에서 모든 것을 다 가진 P의 삶은 오히려 지옥 그 자체이다. P는 자신이 살고 있는 공간에서 지속되는 백야 같은 '밤', 즉 실패와 좌절이 없기에 '끝없는 하얀 밤'과 같은 인생에 뭉크의 그림 〈절규〉처럼 '절규'하며 살아간다. 하루하루 알코올로 '낮'만 존재하는 현실을 견디어 내는 그의 삶은 '차갑고 딱딱'하며, '황량'하다. 그는 이미 모든 곳에 도달했기에, 모든 꿈을 이루었기에, 사막을 상실했기에 그는 인간의 영역에서 살아갈 수 있는 추동력을 상실한다. '꿈은 이루어지지 말아야 하는 거야'라고 말하며 얼굴을 감싸 쥐고 절규하는 P의 모습에서 나는 '내 안의 불꽃', 나의 삶을 추동하던 매개가 사그라드는 것을 참담한 심정으로 지켜보며 '그'를 떠난다. '그'의 생의 그림자였던 '나', 단 한 번만이라도 '그'를 따라잡고 싶었던 나였지만, 오히려 '그'가 바란 것은 오히려 '그림자' 같은 불가능하고 부족한, 즉 '나' 같은 삶이었음을 깨닫는다. 그리고 난 내 맘속에서, 내 삶 속에서 영원히 P의 마지막 모습을 떠나보낸다.

밤은 끝내 어두워지지 않는다. 나도 저 투명한 밤이 두렵다. 하얀 밤이여, 나뉘어라. 슬픔도 아닌 것이, 회한도 아닌 것이 물이 되어 내 눈에서 밀려 나온다. … 스스로 '사흘'을 지우고, P의 마지막 모습을 지운다.

소설 속의 등장인물을 추동하는 것은 욕망이다. 그 욕망을 분석해보면 그것이 아무리 독창적이고 개성적인 모습이라 할지라도, 구체적 모델에 의해 매개되는 경우가 많다. 르네 지라르(René Girard)는 인물의 욕망을 매개하는 모델을 '중개자'로 설정하여 주체, 대상, 중개자 사이를 세 꼭지점으로 하는 이른바 '욕망의 삼각형'을 완성한다. 예를 들어 돈키호테(주체)가 욕망하는 기사(대상)는 영웅 설화에서 등장하는 인물인 아마디스(중개자)에 의해 매개되었다는 것이다. 여기서 '중개자'는 반드시 긍정적인 측면을 소유한 존재만은 아니다. 때론 부정적 면모를 지녀, 욕망 주체는 그 중개자를 거부하거나 배척하기에 중개자와는 다른 자신의 모습을 만들어가기도 한다. 또한 중개자는 현실에 반드시 실존하는 존재, 혹은 진실된 존재이지 않다. 때로는 주체의 불완전한 인식 및 기억에 의해 조합되거나, '시뮬라크르'에 불과한, 자본주의의 신화에 의해 조작된, 실존적 존재가 아닌 구성적 존재이다. 르네 지라르는 이 욕망의 삼각형을 통해 주체의 욕망, 특히 자본주의 사회를 살아가는 현대인의 욕망은 여러가지 기제에 의해 매개된 욕망임을 지적한다. 따라서 인간 특히 현대인에게 진정한 욕망의 충족이란, 그로 인한 자기완성이란 불가능함을 말한다. 이것이 바로 현대인이 처한 비극적 실존이다.

'나'에게 P는 욕망의 매개인 '중개자'이다. 영원한 이등으로 살아갈 재간밖에 지니지 못한 '나'에게 모든 것에 탁월한 P는 신화나 설화의 주인공과 같은, 인간의 한계를 초월한 존재이다. '나'는 P와 같은 존재가 되는 것이 불가능함을 잘 알기에, 그저 단 한 번만이라도 P에게 자신의 존재

를 인정을 받고 싶어 하는 소박한 욕망을 지닌 존재이다. 그 욕망이 '나'
의 삶을 추동한다. 그러나 다시 만난 P는 이미 몰락한, 그리하여 타락한
존재이다. 알코올에 기대지 않으면 생의 바닥을 향해 추락하는 가속도를
견디어내지 못한다. P는 너무나 쉬운 인간적 성취는 욕망하지 않는다.
라캉에 의하면 애초 욕망이란 것은 현실 영역 바깥에 존재하는, 현실의
저편을 지향하는 속성을 지닌다. 모든 현실이 하얀 밤처럼 투명하고 명
징하기만 한 P의 삶을 추동할 욕망은 현실 공간엔 존재하지 않는다. 그
렇지만 어쩔 수 없는 인간 존재의 한계만은 가진 P이기에, 신의 영역은
접근이 허용되지 않는다. 더 이상 이루지 못한 것이 없다는 것, 그래서
더 이상 꿈꿀 수 없기에 P에게 삶은 그저 지속되는 막막한 공허이고, 그
저 지탱하고 버터야 할 끔찍한 시간이다. '나'는 그동안 자신의 삶을 때
론 채찍질하고 때론 굴절시킨 '중개자'인 P의 삶이 자신의 기억과 자신만
의 논리로 구성된 '시뮬라크르'였음을 인식한다. '나'의 내면공간이 아닌
현실공간에서 살아가는 P의 구체적 삶과 내면의 황폐함을 목도한 '나' 역
시 삶의 방향을 상실한다. 그리고 소설은 P와 '나'에 남은 막막한 삶처럼
스산함만 남긴 채, 어떠한 결말도 방향성도 없이 그저 끝난다.

3) '너'와 '나'가 처한 비극적 실존

　어떠한 삶에도 해답은 존재하지 않고, 어떠한 인생도 고통과 좌절로부
터 자유롭지 않다. '오아시스'만이 존재하는 '일등'의 삶도 무의미하고,
'일등'이라는 '오아시스'를 꿈꾸며 '사막' 속에서 허덕이는 수많은 '이등
들' 또한 괴롭다. 수많은 '시뮬라크르'의 설정으로 자기완성이 불가능한
현실 속에 '조화'라는 미명하에 '초월'과 '극복'을 지향하게 하는 것은 '자

기완성'이 아닌 '자기기만'이다. 어떠한 삶에도 비상구는 이미 존재하지 않는다. 이것이 바로 불편한 진실이자, '나'와 '너'가 처한 비극적 실존의 현주소이다.

제3장
치장으로서의 문학 2
-개인 삶의 안식으로서의 문학

제1절 사랑의 찬가

박경리, 『토지』

1. 사랑, 문학과 인생의 영원한 주제이자 문제

누구에게나 애절한 러브스토리는 존재한다. 알퐁스 도데 「별」의 목동처럼 단 한 번의, 그것도 스침뿐인 짝사랑의 기억이라 할지라도, 그의 뇌리에서 무수히 반복 재생함으로써 일생을 환상적 아름다움 속에서 살아가기도 한다. 반면 조세핀 하트 「데미지」처럼 사랑의 어긋남으로 처절하게 존재의 바닥까지 내던져짐을 경험함으로써, 자신과 타인의 삶을 고통 속에서 허우적거리게도 한다. 영화나 문학에서 서술되는 거의 대부분 러브스토리는 사랑의 성취에서 멈춘다. 대다수의 사랑은 시간의 폭력 속에서 희석되기 때문이다. 윌리엄 워즈워드 시 「초원의 빛」에서처럼 '지나가 버린 사랑을 슬퍼하기보다는, 희미한 먹빛에서 오묘함'을 찾기엔 시간의 힘은 너무나 강력하다. 그것을 잘 알면서도, 인간은 결코 사랑하기를 멈출 수 없다. 사랑은 인간 존재의 본질이기 때문이다.

삶과 사랑, 그리고 우리 민족사의 대서사인 『토지』엔 수많은 유형의 사랑이 등장한다. 서사의 시발점인 서희 생모 별당아씨와 동학 장군인 김환의 전설적 사랑, 서희의 욕망과 집착의 산물인 서희와 길상의 사랑, 월선과 이용의 '여한 없'으나 애절한 사랑, 유인실과 오가다의 정치와 시대를 초월한 사랑, 가까이 하기엔 너무 먼 당신인 서희를 끝까지 지켜만 보다 자살로 사랑을 이룬 의사 박효영의 신사적 사랑, 신분의 격차를 초월한 양현과 영광의 애달픈 사랑 등…600여 명의 인간이 살아가는 '토지' 라는 광대한 공간엔 다양한 사랑의 모습이 펼쳐진다. 그 모든 사랑엔 메별로 인한 애절함과 그로 인한 험난한 삶의 굴곡이 어우러진다.

2. 『토지』에 형상화된 사랑의 스펙트럼

서사의 비중이나 애절함을 볼 때, 용이와 월선의 사랑은 『토지』에 등장하는 러브 스토리 중 그 정점을 이룬다. 특히 월선이 용이에 대한 사랑으로 삶에 '여한 없음'을 고백하며 죽는 장면은 눈물 없이는 도저히 읽을 수 없는 부분으로 『토지』가 가져다주는 감동의 압권이라 할 수 있다. 그러나 그 사랑으로 인해 본인 둘은 물론, 평생 황폐한 삶을 살아간 용이의 아낙들, 강청댁과 임이네를 생각하면 그들 사랑에 박수쳐 주고 싶은 생각이 내겐 없다. 특히 강청댁과 사별 후, '내 사람은 네 하나뿐'이라는 월선을 두고 임이네와 이해할 수 없는 충동적 행각을 벌인, 그로 인해 자신과 주변 사람의 불행을 자초한 용이를 난 도무지 이해할 수 없다. 월선이 아무리 천상의 여인이자 적강 선녀의 신비한 기품과 아름다움을 품었다고 해도, 용이가 신뢰와 성실의 화신으로 작품 속에서 형상화되어도 그들의 사랑은 파괴적이다. 파괴의 여파는 당사자들뿐만 아니라 주변인 모두에게 영향을 끼치기에 어떠한 성장도, 기쁨도 존재하지 않는다. 사랑은 히르쉬가 지적한 바, 생명체가 오래 지속되고 한층 더 높은 단계로 나아갈 수 있게끔 살아있는 물질을 통합하여 더 큰 통일체로 만드는 강력한 힘이다. 이런 관점에서 볼 때 『토지』에 제시된 다양한 사랑의 스펙트럼 가운데 별당아씨와 김환의 사랑, 의사 박효영과 서희의 사랑이 내겐 더욱 매력적이다.

로맨스의 주인공 김환은 동학군 김개주 장군의 아들이자, 서희 할머니 윤씨부인의 아들이다. 김환은 구천이란 이름을 가진 채 최참판댁에서 머슴살이를 하다가, 서희의 어머니인 별당아씨와 사랑의 도주를 감행하여 지리산에서 숨어 산다. 따라서 김환과 별당아씨의 사랑은 불륜의 씨앗이 다시 불륜의 불꽃으로 화한 불륜의 대물림이다. 별당아씨는 화려한 별당에 살면서 모든 것을 다 가졌지만, 자신에게 없는 단 하나 사랑을 얻기 위해 자신의 혈육인 서희를 비롯한 모든 것을 다 버리고 사랑을 선택한 당대 최고 스캔들의 주역이다. 화려하기만 한 새장을 탈출한 별당아씨는 불륜이라는 오명하에 지리산 깊숙이 수수깡과 대나무 등으로 흙벽을 가린 처참한 공간에서 처절한 궁핍 속에서 살아간다. 그러나 구천의 따스하고 순수한 열정은 별당아씨의 정신적 결핍의 공터를 메워주었기에, 자신을 알아보는 사람들이 봐도 부끄러워하지 않는다. 별당아씨는 오로지 자신의 연인인 구천만 바라보며 새털처럼 살다가, 결국 병에 걸려 구천의 품에서 아름답게 죽는다. 구천은 자기의 저고리를 벗어 별당아씨를 지리산 깊은 골짜기에 파묻음으로써, 동학군의 아들·최참판댁의 노비·불륜의 주역이라는 모든 과거와 결별한다. '산에 진달래가 다시 피면 화전을 만들어 주겠다던 여자, 여자의 목소리는 진달래꽃잎이 되고 꽃송이가 되고 구름이 되고 안개가 되고 무덤이 되고 빗줄기가 되어서 환을 감싸 안는다'는 몽환적 구절, 꿈속에서 그녀를 찾아 울부짖고 또 우는 구천의 모습은 통과제의적 과정을 겪는 문제적 개인이다. 사랑의 성취와 이후 사별로 인한 아픔을 극복한 구천은 노비가 아닌, 진정한 인간의 자유와 해방을 갈구하는, 어느 누구도 범접하지 못하는 독립 운동가인 김환으로 재생한다. 그럼으로써 이들의 사랑은 푸코가 지적처럼 이 세상의 인간적 관계를 극복하고 역사와 사회 속에서 스스로의 연속성을 획득한 사랑으로 승화된다.

사랑의 창으로 보자면, 서희는 『토지』를 통틀어 가장 문제적 인물이다. 결혼 전 서희가 진정으로 사랑했던 대상은 실상 독립투사 이동진의 아들 이상현이다. 서희로 인해 아내를 두고 용정으로 건너온 이상현에게 서희는 남매로서 의맺기를 제안함으로써 그의 사랑을 거부한다. 그리고 자신은 김길상과 혼인하겠다고 선언한다. 서희는 결혼의 대상으로 사랑하는 사람이 아닌 자신의 부와 신분을 회복시켜 줄 도구를 선택한다. 길상에게 서희는 '원하는 것은 무엇이든 다 해주고 싶은' 여인이지만, '건너지 못할 강 너머 사랑의 대상'이다. 서희에게 길상은 최참판댁 부활이라는 '야심'을 이루기 위한 도구이고, '종신 종놈'일 뿐이다. 물론 내면 깊은 곳에선 길상에 대한 사랑과 신뢰가 자리 잡고 있음은 틀림없지만, 서희는 그것을 자각하지 못한다. 서희는 결혼한 후 길상의 성을 '최길상'으로 그리고 자신은 '김서희'로 개명한 후, 그들 사이의 난 아들들에게도 자신의 성인 '최'씨를 물려줌으로써 길상을 그 뿌리부터 거부한다. 아내의 절도 있는 거부로 고독한 길상은 노비로서의 삶이 각인된, 폐쇄 공간인 평사리를 거부하고 간도에 남아 독립 투쟁과 두 차례의 옥살이를 통해 독립투사로 재탄생하고, 서희 역시 그러한 길상을 통해 가문과 신분에 대한 아집에서 벗어나 정신적으로 성숙한다.

서희의 정신적 자각에 가장 중요한 전환점에 주치의 박효영의 서희에

대한 사랑이 있다. 서희는 박의사의 자신에 대한 연모의 정을 잘 알고 있
었지만, 할머니와 어머니의 불륜에 대한 트라우마로 그의 사랑을 애써
외면한다. 서희의 주변을 맴돌며, 그녀의 모든 신체적 정신적 아픔을 치
유하던 박의사는 결국 '한쪽은 개방되고, 한쪽은 밀폐된 사랑'에 절망하
여 자살한다. 박효영의 죽음 소식을 듣고 서희는 자신 속에도 그에 대한
사랑이 있었음을 강하게 자각하고 그 상실감에 흐느껴 운다. 어떠한 상
황 속에서도 일생 동안 거의 흘리지 않았던 눈물의 둑이 박효영의 사랑
과 그 귀결인 죽음을 통해 터짐으로써 서희는 자신의 이기적 사랑에 대
해 반성한다. 결국 사랑하는 사람, 박효영을 죽음으로 치닫게 한 것은 자
신이 지키고자 했던 윤리와 도덕이 아니라, 자신의 아집과 트라우마에
불과했음을 깨닫는다. 그리고 평생 부정해 왔던 어머니와 구천의 사랑을
이해하고, 모든 것 즉 자신의 아집과 사회적 금기를 초월할 수 있는 사랑
의 힘과 그 진실을 깨닫는다. 그리고 인간으로서의 진실한 눈물을 흘림
으로써 나약한 존재인 인간에 대한 진실한 이해와 사랑을 자각하고, 그
동안 허위와 아집의 껍질을 벗고 포용과 사랑의 인격체로서 성장한다.

3. 사랑의 이데아

인간은 로고스적 존재이기 전에 에로스적 존재이다. 인간은 이성으로
사유하기 전, 본능과 욕망에 이끌리는 존재다. 따라서 사랑은 인간에게
태초에 존재했던 원형, 잃어버린 본성을 감지하게 하는 탐색망이다. 풍
요의 신 포로스(Poros)와 빈곤의 여신 페니아(Penia)에 의해 태어난 에로
스(Eros)는 그 존재 자체가 이율배반적이다. 따라서 사랑의 한 단면은 아
버지 포로스처럼 모든 것이 풍요롭고 활달하고 저돌적이고 열정적이다.

반면 사랑의 다른 면은 어머니 페니아처럼 허기지며 갈급하고 허탈하며 공허하다. 사랑은 이 양극단 사이를 광적으로 질주하면서 때론 자신과 타인을 황폐하게도, 고독하게도 심지어 죽음에까지 이르게도 한다.

그러나 사랑은 유한한 인간을 무한으로 고양시키는 원동력이 되어야 한다. 진정한 사랑은 인간을 고귀하게 만들고 때로는 모든 고통과 역경을 극복하게 하는, 삶의 정수이어야 한다. 일개 노비를 고귀한 사명을 지닌 존재로 재탄생시키는 계기가 되는 것도 사랑이고, 거짓과 집착에서 벗어나 참다운 인격체로 성장하게 하는 것도 사랑이다. 인간은 참다운 사랑을 통해 인간 존재의 한계와 허무를 극복하고, 자신과 자신의 삶을 긍정하게 된다. 그 사랑을 통해 개인은 천명(天命)을 알게 되고, 모든 난관을 극복·승화하여 그 천명을 실천함으로써 존재의 완성을 향해 전진한다. 사랑은 황량한 삶 속에서 인간을 구원할 수 있는 유일한 길이다.

제2절 '죽음'을 통한 '이분법' 간극의 가로지르기

박경리, 『토지』

1. 생명의 서사, 『토지』

국문과를 졸업했다는 이유 하나만으로 사람들이 추천 도서를 요청할 때가 많다. 그럴 때마다 사악한 난 두 번 묻지 못하도록 『토지』를 강력 추천한다. 다른 책을 요구하면 일단 『토지』부터 다 읽은 후 말하자고 한다. 『천일야화』는 독자(왕)가 책읽기(듣기)를 거부하는 순간, 죽을 수밖에 없는 작가(세헤라자데)의 막다른 운명을 말한다. 작가인 세헤라자데는 2S(Suspense, Surprise)를 방패삼아, 하루하루 연명한다. 대하소설처럼 호흡이 긴 글 역시 2S는 긴요하게 사용된다. 변덕 심하고 인내력 없는 독자를 견인하기 위해, 소설의 명맥을 이어가기 위해 소설가는 몇 가지 테크닉을 사용한다. 대화를 곳곳에 삽입하여 현장감과 생동감을 부여한다. 요약적 제시를 통해 사건 전개를 가속화한다. 지루해지는 순간엔 눈이 번쩍 뜨이는 연애사건 및 죽음, 성적 묘사를 통해 독자를 흡입한다.

그러나 원고지 4만 장이란 엄청난 분량의 『토지』엔 그런 잔기교가 전혀 없다. 박경리 선생님께선 토지를 다 쓰시고는 너무 진이 다 빠져 두 번 다시 보기 싫으셨다고 말씀하셨는데, 단 한 권만 읽어도 그 심정이 이해가 된다. 『토지』는 단편소설에서나 가능한 밀도의 문장, 수많은 사건들과 다양한 인물들로 구성되었기에 속독은 불가능하다. 숙련된 독자가 아무리 최선을 다해도 하루에 읽을 수 있는 분량은 기껏해야 두 권 정도, 스물한 권(나남출판사, 2002년판 기준)을 독파하는 데엔 최소 열흘 이상은 걸린다. 그러나 그것이면 충분하다. 『토지』에 푹 빠져 처음부터 끝까지 독파해낸 독자라면 감히 단언하건대 더 이상 다른 책을 읽지 않아도 된다. 『토지』를 읽은 자, 책으로부터 얻을 수 있는 모든 것을 얻었다고 감히 말한다.

'토지'는 위대하다. '토지'는 생명체를 품고, 성장하게 한다. 상/하, 선/악, 신/구 등에 차별 없이 모든 생명체에게 골고루 양분을 분배함으로써 평등을 실현한다. 죽음조차도 품어 새로운 생명으로 재탄생하게 한다. 따라서 '토지'는 생명이다. 박경리 『토지』는 경이롭다. 25년이라는 긴 창작 시간동안 600여 명의 등장인물들은 평사리 · 진주 · 간도 · 중국 · 일본 등의 공간을 종주하며 일제 강점기라는 역사적 격동기를 『토지』 속에서 살아간다. 중세와 근대의 간극에서 존재할 수 있는 신분과 윤리, 성향과 성격의 모든 스펙트럼이 때론 조화롭게, 때론 갈등하며 『토지』 속에서 펼쳐진다. 그래서 『토지』는 광대하다. 이처럼 광대한 『토지』의 주제를 한마디로 말한다는 것은 문자 그대로 '어불성설'이다. 그럼에도 불구하고 『토지』를 관통하고 있는 하나의 주제를 감히 언급하자면, 그것은 '인간 생명에 대한 차별 없는 사랑'이다.

2. 『토지』의 구성 원리, 다성성

박경리 대하소설 『토지』는 개항에서부터 해방에 이르기까지 '식민지적 근대'라는 파행과 굴곡의 시대에 사랑과 증오, 비겁과 항거, 삶과 죽음 등으로 살아간 삶들의 기록이다. 이 『토지』에서 우리가 주목해야 할 점은 두 가지이다. 그 첫째로는 『토지』에선 놀랍게도 중심인물과 중심사건이 부재(不在)한다는 것이다. 최참판댁의 유일한 혈통으로서 우리 민족의 파란만장한 근대사와 함께 성장하는 '서희'나, 신분의 질곡에서 벗어나 독립운동가로 변신하는 '길상'이 『토지』의 주인공처럼 보일 수도 있다. 물론 이들의 이야기가 『토지』 1, 2부의 중요한 줄기를 이루는 것은 사실이지만, 작품 전체를 조망해 볼 때 김환, 용이, 월선, 명희, 인실, 오가다, 양현, 영광, 상현, 홍이, 관수, 한복, 상의 등 다양한 인물들의 삶 역시 분량이나 집중도 측면에서 서희나 길상의 삶에 결코 뒤지지 않는다. 이러한 중심 부재의 서사는 우리에게 더 귀중한 삶, 덜 소중한 삶이라는 차별 자체를 원천봉쇄한다.

두 번째 우리가 주목해야 할 점은 개화기에 첨예한 논쟁과 갈등을 일으킨 사회문제들, 즉 신분문제·여성문제·민족문제(친일/항일)를 다룸에 있어 서술자의 태도엔 결코 한쪽 편들기가 없다는 사실이다. 상식적으로 우리는 이른바 시대의 대세이자 역사의 흐름인 신분해방, 여성해방 그리고 항일에 '선'을 부여했을 것이라고 생각한다. 이 문제에 관해선 논자에 따라 다양한 견해가 혼재하긴 하지만, 등장인물들의 죽음 양상이란 프레임만으로 바라보면, 실상은 그렇지 않은 것으로 판단된다. 작가는 『토지』라는 광대한 전체 서사를 견인하는 이 세 가지 쟁점을 두고, 서로 다른 견해를 가지는 인물의 삶과 죽음의 양상을 그저 다성적으로 재현할 뿐이다.

이는 소위 '악인'이라 분류되는 인간 군상의 비참한 죽음 순간, 그들을 지켜보는 '선인'들에게 결코 승리자의 모습을 부여하지 않는 작가의 기술 태도에서 잘 드러난다. 작가는 '악인'들의 죽음을 통해 오히려 '선인'들의 죄책감과 뉘우침을 이끌어낸다. '악인'들의 트라우마를 가지게 한 장본인이 바로 자신임을 깨닫게 함으로써, 선/악의 구별을 무화(無化)시킨다. 그리고 '생명 있는 모든 존재의 존엄과 평등'을 깨닫게 한다. 이러한 양상들은 신분제 고수/폐지 및 전통적 여성/신여성의 다양한 모습들을 제시하면서 어느 한쪽의 편을 들기보다는 당시 시대적 혼란상과 그로 인해 굴절된 인간 군상이 살아가는 모습들과 그 결과로서의 죽음의 양상들을 '말'하기보다는 '보여'준다.

우리는 『토지』를 통해 '이유 없는 악인'은 존재하지 않는다는 것, 인간의 삶은 죽음의 순간 완결된다는 것, 죽음이란 생전의 사랑과 증오 모든 것을 무화시킨다는 것, 따라서 우리는 생명을 가진 인간을 이해하고 사랑해야 한다는 교훈을 깨닫게 된다. 무가치한 삶일 뿐만 아니라 차라리 죽는 편이 여러 사람 살리는 최선책으로 보이는 비루한 삶이라 할지라도, 『토지』의 광대한 서사는 우리로 하여금 그들의 생명 또한 소중하기에 품고 키워내야 함을 주장한다.

바흐친에 의하면 시는 모든 언어를 작가의 의도(주제)라는 개념적 지평 속에 집중시키기에 구심적 장르이다. 그러나 소설은 작가의 의도를 위해 타인의 의도와 그들의 사회, 이념적 지평을 파괴하지 않기에 원심적인 장르다. 상이한 인물의 다양한 견해가 공존할 수 있는 소설의 구성원리를 바흐친은 '다성성'이라 칭한다. 다성적 소설의 주인공들은 작가의 단일한 시각에 통합되지 아니하고, 사상적으로 각각 권위와 자주성을 지닌 채 소설 속에서 공존한다. 이를 통해 소설은 '전체의 대화성'을 이루어 낸다. 우리가 살고 있는 사회는 다양하고 복수적 이데올로기가 존재한다. 소설의 사회적 역할은 현실에 존재하는 다양한 목소리를 하나의 목소리로 통합하는 것이 아니라, 그 목소리의 병렬을 통해 현실을 '있는' 그대로 재현해 내는 것이다.

3. 이분법의 '간극'을 '가로지를' 희망의 불씨

대한민국에서 규범적 교육을 받은 사람이라면 이분법적 사고에 익숙해져 있다. 나아가 이분법으로 분류된 모든 대상에 가치를 부여한다. 가치를 결정하는 기준은 시대 상황의 역학관계에 따라 달라진다. 에드워드 사이드가 주장하는 것처럼 우리가 살고 있는 세상엔 '진정한 언술은 없고, 강력한 언술만 존재한다.' 강력한 언술로 인해 '선'과 '주체'로 규정된 가치와 존재들은 '악'과 '타자'들을 배제하고 차별한다. '선'과 '주체'는 차별화를 공고히 하기 위해, 법률과 문화 그리고 교육을 동원하여 자신들을 특권화하고 미화한다. 이들에 의해 제외된 '악'과 '타자'들은 체제 전복을 시도해 보지만, 엄연한 현실에 좌절하여 이미 400년 전부터 허균이 통찰한 바(「호민론」) 오늘날의 '항민(降民), 원민(怨民) 또는 호민(豪民)'으로 살아간다. 시대가 흘러갈수록 이들 계층 사이 갈등의 골은 깊어진다. 이분법의 골이 깊어질수록 '간극'을 '가로지르'는 행위는 점점 불가능해져 간다. 강한 소수가 약한 다수를 억압하고 배제하는 현실 속에선 한 국가, 나아가 우리 인류에게 진정한 평화는 영원히 이루어질 수 없다.

박경리『토지』는 다양한 목소리가 공존하는 다성적 소설이다.『토지』는 다양한 가치가 공존하는 현실을 구체적 인물을 통해 제시한다.『토지』는 암묵적으로 인정되어 온, 지배적이고 다수의 견해만이 '참'이라고 결코 단일한 목소리로 말하지 않는다. 나는 '선/악', '주체/타자', '작가/인물' 사이에 차별이 존재하지 않는, 양자 간 '대화적 관계'를 이룬 박경리의 『토지』에서 우리 사회에 만연한 이분법의 '간극'을 '가로지를' 희망의 불씨를 본다. '토지'가 모든 대상을 품어 생명을 탄생시키고 성장시키듯, 소설 『토지』 역시 모든 '생명 있는 모든 인간'을 품어 평등하게 대함으로 인간으로서의 '고귀함'을 간직하게 한다.

20세기의 대표적 문학이론서 중 하나인 M. H. Abrams의 『The Mirror and the Lamp』는 문학의 두 역할을 잘 설명해 준다. 문학이란 '거울'로서 '있는 사회 현실'을 재현하기도 하지만, '램프'로서 '있어야 하는 사회 현실'을 제시하기도 한다. 나는 박경리 『토지』라는 '램프'가 내뿜는 열기에서 온기를 느낀다. 또한 『토지』가 제시하는 '불꽃'에서 우리 사회의 희망을 바라본다. 따라서 생명의 근원으로서 박경리 『토지』는 진정 위대하다.

제3절 부조리한 존재, 인생에서 길 찾기

박상륭, 「로이가 산 한 삶」

1. '거기서 거기'인 삶들의 불안

우리는 때로 사회에서 일상에서 위대한 사람들을 만난다. 그 분들이 이룬 업적과 실적에 감탄하기도 하고, 또 다른 한편으론 사고와 마음의 깊이에 감동하기도 한다. 그러나 그들의 삶은 오르지 못할 '산'이고, 때론 깊이를 알 수 없는 '바다'이기에 평범한 '나'로서는 도무지 그들 존재의 실재감을 느끼지 못할 때가 많다. '그들'은 극소수이고, '그들'의 삶은 '저곳'에 있다. 대다수의 경우 나는 나와 거기서 거기인 비슷한 사람들을 만나거나, 아니면 미래에 대한 어떠한 해답이나 출구를 갖지 못한 사람들을 만날 때가 많다. 인간이면 누구나 세월과 세상의 폭력 속에 모종의 콤플렉스나 트라우마를 가지고 산다는 측면에서 볼 때, 해답도 전망도 없는 삶이 오히려 더 많은 듯하다. 다들 강한 척하고 살아가지만, 알고 보면 각자는 모두 알 수 없는 '내일'로 인해 '불안'해 한다. 그 불안은 결코 숨겨지지 못하고, 자신의 무력감과 나약함을 눈빛으로 얼굴로 호소하게 된다. 박상륭 소설 「로이가 산 한 삶」은 로이의 해답 없는 인생, 무가치한 인생을 기술한다.

2. '로이가 산 한 삶'에 대한 대차대조표

박상륭 『로이가 산 한 삶』의 주인공 로이는 당뇨병에 합병증까지 가중된 비대증 환자이다. 그는 자기가 속한 현실을 개척하고 변화시킬 의지와 여건을 갖지 못한 나약한 존재이다. 정치학을 전공하고 대학을 졸업한 후, 그는 육신의 조건으로 인해 일자리를 구할 수 없게 된다. '학교의 문턱만 넘어섰다 하면 언제나 참 편하다'는 이유로 그는 다시 대학에 들어가 역사학을 전공한다. 로이에게 대학은 연구의 전당이 아니라, 삶의 도피처다. 거대하고 나약한 육신을 가진 로이는 활동하면 할수록 타인과 사회에 민폐만 끼치는 존재이다. 따라서 사회는 '사회 복지금'을 제공함으로써 로이의 사회적 활동을 차단하고, '진통 진정제'를 복용하게 함으로써 그의 삶과 사회의 고통에 대한 언술을 차단한다. 로이는 역사(歷史)적 현실에서 역사(役事)에 가담하지 않은, 부표된 삶을 살아가고 있는 '타자'이다.

삶으로 소속되지 않은 로이, 사회로부터 떠밀려 살아가고 있는 로이, 그래도 그는 '책 읽기'라기보다는 '책 사기'를 통해 자신의 존재 가치를 확인하고자 한다. 로이는 삼천 권의 책을 소장한 서재의 소유자이다. 로이는 '나'가 운영하는 서점에서 학문적 서적과 공포 소설과 괴기 소설, 매번 이 두 종류의 책을 사 간다. '책 읽기'는 일종의 '통과제의적 과정'으로 독자는 책 읽기를 통해 새로운 질서를 수용하게 되고, 일상과 평범에서 초월하여 새로운 창조를 준비하게 된다. 독자는 책 읽기라는 통과제

의적 과정을 통해 무질서에서 질서로, 무의미에서 의미의 통일로, 무형
에서 형태로, 공허에서 충만으로, 부재에서 존재로 이행된다. 그러나 로
이에게 있어 '책 읽기'는 생산적인 '통과제의적 과정'이 아니라, 비생산적
인 '지성인의 콤플렉스'의 표출이다. 로이는 자신이 산 전문서적인 '해체
주의'에 대해 제대로 설명하지 못하고, 공포 소설을 읽는 이유에 대해서
도 뚜렷한 주관을 표명하지 못한다. 또한 '많이 읽으면 많이 쓰기도' 하
는데 로이는 '남이 써 놓은 걸 욕해가면서 읽을' 뿐, 어떠한 창조적 행위
로 재생산하지 못한다. 또한 책에서 익힌 그 어떤 '도(道)'와 '법(法)' 역시
실천은커녕, 말로라도 남에게 전달한 적 없다. 로이에게 있어 '독서'는
자신의 존재 가치를 증명할 수 있는 유일한 행위이지만, 서술자인 '나'는
로이의 독서를 '무화(無化)'함으로써 로이의 존재를 무의미하고 부조리한
존재로 기술한다.

이러한 로이의 무가치함은 0.5초간 TV화면에 나온 것을 이른 아침부
터 서점에 들러 자랑하는 로이의 모습에서 그 절정을 이룬다. 5초도, 5분
도 아닌 0.5초간 카메라가 뉴스시간 배경으로 단지 한 번 훑어 지나간 것
을 저렇게까지 자랑하는 로이를 '나'는 도무지 이해하지 못한다. 나아가
그러한 로이의 모습 속에서 무의미하고 부조리한 존재에 대한 '역겨움,
역겨움 같은 슬픔'을 느낀다. '나'가 보기에 로이는 그저 세상에서 아무
런 존재 가치가 없는 가련한 존재, 부조리하고 무의미한 존재일 뿐이다.

이후 '나'는 로이의 부음을 듣는다. 그리고 '나'는 '로이가 산 한 삶'에 대
해 진지하게 생각해 본다. 나름 지식인이었으나 김소월이나 모차르트와
같은 위인은 아니었던 로이, 무엇하나 세상에 '기여'해 놓지도, 목적조차
존재하지 않은 로이의 삶에 대해 결국 '나'는 '무위 그 자체'로 규정하려 한
다. 그 순간 '나'는 0.5초간 TV화면에 나왔던 일을 떠올리며, 그것으로 로

이의 존재에 의미를 부여한다. TV화면에 나왔던 사건이 로이가 생각하듯 커다란 의미나 자랑거리여서는 결코 아니다. 0.5초나 500년, 5000년이라는 시간의 단위가 '영겁'이나 '무궁'이라는 단위에서 보면, 별로 크게 차이가 나지 않는다는 불교적 사유방식에 의해 '나'는 '나'의 삶 역시 로이와 전혀 다른 삶이 아님을 자각하게 된다. 서술자인 '나' 역시 캐나다 이민자로서, '타자'이다. 캐나다라는 사회의 이방인으로써 그 사회의 현실과 역사에 가담하지 못한 '나' 역시 그 사회에선 무의미하고 부조리한 존재일 뿐이다. 그러면서 '나'는 '누구는 누구 아니던가 우리?'라는 자문을 통해, 로이의 존재를 포용하고 긍정하며 나아가 환대하게 된다.

3. 타자와 주체, 누구는 누구 아니던가

레비나스는 주체의 원초적 경험은 '부조리의 경험'이고, 부조리의 경험은 주체인 인간 그리고 그 삶을 무의미한 것으로 규정한다. 파스칼이 말한 '무한한 공간의 침묵'이 부조리한 존재인 '나'를 항상 두려움으로 내몬다. '부조리'와 '무의미'에 직면하면, 인간은 무력감에 빠진다. 그 무력감에서 탈출하기 위해서 '감각적 쾌락'을 추구하기도 하고, '과거와 단절된 현재에 홀로서기'를 감행하기도 한다. 그러나 그 귀결은 '내일에의 불안'에 처한 인간 존재의 한계로 인해 언제나 실패한다. 인간은 '내일에의 불안'을 극복하기 위해 노동하고 주체를 확립하려 한다. 그 과정에서 인간은 '타자'의 존재를 경험하게 된다. '타자'는 '나'와 마찬가지로 부조리하고 무의미한 존재이다. '타자'는 무력한 '얼굴'을 통해 자신의 상처받을 가능성과 세상에 저항할 수 없는 나약함을 호소한다. 이러한 타자의 호소는 '나'로 하여금 타자에 대한 관심과 책임을 갖게 한다. 그 관심과 책임감의 실천은 곧 '나'와 '타자'사이의 윤리적 관계의 형성이다. 이 윤리적 실천에 의해 '나'는 내면성의 닫힌 세계에서 벗어나 밖으로 초월하게 된다. 그리고 '나'는 자신의 '부조리'와 '무의미'를 극복하게 된다.

「로이가 산 한 삶」에서 '나'의 독백, '누구는 누구 아니던가…우리?'라는 질문은 바로 나에게 우리에게 던지는 질문이다. 나 역시 로이처럼 '지식인 콤플렉스'로 끊임없이 책을 읽어 대지만, 읽는 만큼의 생산도 실천도 못하는 존재이다. 하루하루 바쁘게는 살아가는 듯하지만, 지금 당장 나 하나쯤 사라져도 세상은 끄떡없이 돌아가기에 어떠한 존재감도 느낄 수 없다. 0.5초 TV에 나온 것을 자랑하는 '로이'나, 별 대단할 스펙도 없으면서 아는 척, 있는 척, 잘난 척, 센 척 … '척'이라는 '척'은 가지가지 다 하고 살아가는 난 '로이'와 전혀 다름없는 부조리하고 나아가 역겨운 존재이다. 그럼에도 불구하고 로이인 '나'가 존재하는 이유는, 바로 '나' 같은, '로이' 같은 타자들이 존재하기 때문이다. 나는 '나'와 동일하게 부조리한 '로이'들의 무력한 얼굴을 바라본다. 그들에게 관심을 가지고, 그들의 호소에 같이 웃고, 울면서 한 세상을 살아가다보면, 가끔씩 '로이'인 나는 '나'의 부조리한 현실과 자아의 한계를 벗어나게 된다. '사회적 연대 및 윤리적 실천'이라는 거창한 구호는 아니라 할지라도, '우리'라는 측면에서 '나'의 한계를 넘어설 것을 기대할 수 있기 때문이다. 부조리하고 무가치한 '타자'들, '로이들'은 바로 '나' 자신의 모습이고, 또한 '나'를 '인간'답게 이끄는 존재이기에, 그래서 너무나 소중한 존재들이다. 때론 삶에, 세상에, 타인에 그리고 나 자신에 지쳐 환멸을 느낄 때 나는 이 소설을 떠올리며 중얼거린다. '누구는 누구 아니던가…우리?'

제4절 진정한 생을 향한 비가(悲歌)와 송가(頌歌) 사이

박인로, 「누항사(陋巷詞)」

1. 세상 물정 어두운 자의 고백

'어리석고 세상 물정 어둡기로는 나보다 더한 사람 없다'라는 구절로 시작하는 박인로 「누항사(陋巷詞)」는 보는 순간 내 가슴에 확 와 닿는 무언가가 있다. 읽는 나야말로 그 누구보다도 어리석을 뿐만 아니라, 세상 물정에 지독하게 어둡기 때문이다. 좀 더 솔직히 말하자면 세인들이 나에게 행하려는 여러 가지 상술·사기·위선·허위 등등 모르지는 않는다. 그러나 그런 것들까지 일일이 밝혀가며 따지기엔 귀찮고, 피곤할 뿐 아니라 다른 일들로 너무 분주하다. 그냥 대충 속아주고 살고 싶고, 나아가 그래서 그들의 삶과 생계에 도움이 된다면 나와 타인에게 큰 손해 아닌 범위 내에서 대충 잃어 주고 사는 게 몸도 편하지만 무엇보다도 맘이 편하다. 그래서 난 박인로처럼 어리석고 세상 물정 어둡다.

2. 간교함이 결핍된 자의 비가(悲歌)

　요모조모 뜯어볼 때 「누항사」의 작가 박인로는 확실히 나보다 한 술 더 뜨신다. 버젓하게 내세울, 대단한 벼슬 한 번 제대로 한 적 없으신 이분은 평균 수명 사십대였던 당시로는 엄청 고령인 삼십대 초반에 비분강개하여 임진왜란 때 수군으로 참전까지 하신다. 이후 돌아와서 보니 자신의 논밭은 황폐해져 있다. 늦봄에 모내기를 해야 할 텐데, 이른바 '평민의식의 성장'으로 인해 '말빨' 먹히지 않는 노비들에겐 그 어떤 액션을 기대할 수 없다. 집안의 노비님들께선 봄이 왔건 말건 개의치 않는다. 그들은 주인에게 농번기인 봄을 알리지 않고, 모내기할 생각조차 하지 않는다. 그래서 절박해진 박인로는 직접 논밭을 갈기 위한 소를 빌리러 이웃집을 방문하는, 당시 양반으로선 굴욕에 해당하는 행보를 취한다.

　그러나 중요한 것은 그 이웃집의 실체다. 이른바 '립서비스'의 병폐는 단순히 현대 사회에만 국한되지 않는, 뿌리 깊은 역사와 전통을 지녔음을 「누항사」는 알려 준다. 박인로의 이웃집 역시 '립서비스'로 그냥 '소 한 번 빌려주마'라고 지나가는 말로 슬쩍 '엉성하게' 흘렸을 뿐이다. 세상 물정 제대로 파악 못하는 박인로가 립서비스 이면에 숨은 이웃의 실체를 제대로 파악할 리 없다. 박인로는 그 '립서비스'를 진심으로 믿었고, 그래서 맘의 불편함을 견디며 생계를 위해 주인에게 간다. 소 주인집의 대문턱은 무지 높다. 그 소슬대문 앞에서 박인로는 굴욕적으로 아주 오래오래 기침을 하면서 사람이 나오기를 기다린다. 상식만 가졌어도 거부, 거절이란 메시지를 읽을 수 있었을 것인데, 어리석은 박인로는 그런 것 모른다. 아니, 알았어도 일 년치 연봉과 생존이 달려 있는 문제여서 닫힌 대문 앞에서 착잡함을 견디고 있었을 수도 있다. 마침내 대문은 열리고 박인로와 소 주인은 회담을 시작한다.

이후 「누항사」에 서술된 박인로와 소 주인의 대화는 정말 '완곡화법'의 정수를 보여준다. 성급한 성격적 결함과 종합 판단력의 결핍이란 개인적 한계로 인해 언제나 직설화법 구사로 여러 번 낭패를 겪은 나로서는 정말 감탄에 고개가 절레절레 흔들릴 정도다.

> 박인로 曰, "소 없는 가난한 집에 걱정이 많아 왔습니다."
> 소주인 曰, "공짜 혹은 사용료 받아서 빌려 주고 싶은 맘 굴뚝같지만, 어젯밤 다른 사람이 꿩 구이와 삼해주[名酒]를 가져왔기에 내가 그 은혜 보답하느라 소를 빌려주기로 약속했어요. 그 약속 어기기엔 편치 않으니 사정이 곤란합니다."

박인로도 직접적으로 '소 빌려 주세요' 하지 않는다. 주인도 '누가 감히 빈손으로 와서 소를 빌려 달라고 그래? 절대 안 돼'라고 탓하지 않는다. 그러나 이들 둘은 하고 싶은 말들, 그리고 서로를 향한 감정들…딱 이 두 마디, 절제되고 정련된 두 문장으로 모두 주고받았다. 정말 나로서는 쳐다보지도 못할 대화의 고수들이다. 안 그래도 넉넉지 못한 경제적 형편에 뇌물 같은 것엔 개념도 없었던 박인로는 덕분에 일 년치 연봉을 원 샷에 깔끔하게 다 날렸다. 대형 사고를 저지른 박인로는 당연지사 잠을 잘 수 없다. 밤새 울기도 하고, 고민도 해보지만 해결책이 없다는 것을 알고는 결국 모든 것을 포기한다.

3. 초심의 회복을 통해 울려 퍼지는 송가(頌歌)

박인로의 위대함이 나타나는 것은 현실적 방책을 포기한 바로 그 이후이다. 생계의 곤궁함이 바로 눈앞에 닥쳐왔음에도 불구하고 박인로는 자신이 가진 신념과 가치관을 굳건히 함으로써 놀랍게도 비상한다. '자포(自暴)'는 했지만, '자기(自棄)'는 하지 않았기에, 오히려 박인로는 자신이 살아가는 존재이유를 아는 '지천명(知天命)'의 경지에 도달하여 인생관과 가치관을 재확인한다.

강호에 한꿈 꾼지 오래지만, 구복이 누(累)가 되어 슬프게도 다 잊었다.
(…중략…)
못난 이 몸에 무슨 '가치관' 같은 것이 있겠냐마는,
두세 이랑 논밭은 그냥 던져 두고
있으면 죽 먹고, 없으면 굶을망정
남의 집 남의 것은 전혀 부러워하지 않겠노라.
내가 가난을 싫어하여 손을 내젓는다고 물러갈 리 없고,
남의 부귀를 부러워하여 손을 친다고 나한테 오랴.
모든 것은 운명 외에 만들어진 것은 없노라.
빈이무원(貧而無怨)을 어렵다 하지만,
내 생애 가난하니 서러워하지 않고,
단사표음(簞食瓢飮)을 만족하게 생각하겠노라.
평생에 한 뜻은 온포(溫飽)에는 없노라.
태평천하에 충효를 할 일로 여기고,
형제간 화목하고, 벗의 사귐에 신의(信義)를 다하는 것을 그르다 할 사람
누가 있을까?
그 외 남은 일(부귀공명)은 생긴 대로 살겠노라.

조선조 사대부들에게, 혹은 선비들에게 안빈낙도(安貧樂道)는 가장 이상적 삶이었다. 그렇기에 조선 초에서부터 그들의 '안빈낙도'로서의 삶은 시조나 가사, 한시를 통해 곳곳에 형상화되어 왔다. 그러나 조선 초 맹사성, 송순, 정철 등의 문학에서 나타나는 안빈낙도는 정말 가난한 현실과 무관한, 배부른 자들의 정신적 사치이다. 관직에서 물러난 말년에

전원주택 화려하게 짓고 살면서, 그곳에서 '무욕(無慾)', '안빈(安貧)'을 노래하기에 그들의 문학 속엔 어떠한 진정성도 감동도 깃들어 있지 않다. 심지어 정치적 상황이 자신에게 불리할 때 슬쩍 보신용으로 도피한 경우도 있기에 이들의 '안빈낙도'는 이중적이고 위선적이기까지 하다.

그러나 노계 박인로에게 가난은 관념이 아닌 뼈저린 현실이다. 박인로는 실제로 지금 당장 먹을 것도 없으면서, 그 가난을 원망하지 않는다. 나아가 권력도 지위도 없는 미력한 자신이지만, 한 사람의 인간으로서 (빈이무원), 주군을 섬기는 신하로서(충), 가족의 일원으로서(효, 화목), 벗으로서의 인륜과 덕목(신의)을 다할 것을 굳게 다짐한다. 「누항사」에 나타난 박인로의 목소리는 그리 장엄하지 않다. 약간은 체념적이고 담담한 목소리로 자신의 생과 가치관을 이야기하는 그의 글을 읽을 때면, 어눌하고 세상 물정에 심하게 어리석은 내 생이 생각나고 그래서 조금은 씁쓸하다. 특히 결사가 시작되는 부분 '강호에 한 꿈 꾼지도 오래지만 구복이 누가 되어 다 잊었다'고 서술하는 부분에서는 생계 때문에 어린 시절의 화려한 꿈을 포기할 수밖에 없는 대한민국 가장들의 뼈아픈 상실감이 느껴져 가슴 한 곳이 시려오고 쓰라리기까지 하다.

그러나 나 역시 내 생의 목표가 부와 공명, 따스하고 배부름에만 있다고 한다면 오히려 더 끔찍해지기에 박인로처럼 그냥 대충 손해보고 사는 삶이 내 운명이라는 생각도 든다. 때문에 나 역시 현실을 탄식하기 보다는 박인로처럼 초심으로 돌아가 '보다 나은 개인적 삶', 사회적 책무를 다함으로써 '연대로서의 삶'의 실천을 꿈꾼다. 구체적이고 일관된 삶의 고백을 통해 자기 삶의 혁명을 완성하는 박인로 가사 「누항사」는 시대를 초월해 지금까지 내 맘에 강인한 감동을 선사한다.

제5절 현 시대의 '대교(大交)'를 꿈꾸며

박지원, 「예덕 선생전」

1. 진정한 우정의 실체에 대한 의문들

이십대 인간관계에서 문제적 존재는 일반적으로 이성이다. 삶과 혼을 뒤흔드는 사건들은 대다수 연인으로서의 이성과 연관되어 있다. 이십대란, 청춘이란, 젊음이란 그런 것이다. 청춘의 관문을 통과한 이후, 삼십대에 문제적 존재는 일반적으로 친구, 특히 동성 친구이다. 결혼 여부와 무관하게 이성인 남성들과의 교류는 공적이고 사회적이다. 그러나 동성인 여자들 사이의 사귐은 사적이고 인간적이다. 그래서 상대적으로 그 사귐들은 복잡하게 얽혀 있다. 여자들과의 사귐엔 일반적으로 자신의 구체적인 삶과 트라우마, 그리고 나약함 등의 비밀스런 사적 정보들이 교환된다. 그래서 어떠한 형식으로든 그들과의 결별은 치명적이고 위험하다.

스무 살에 '남자에게서 이성을 빼고 사치와 허영심을 더하면 여자'라는 쇼펜하우어의 악담에 그의 책을 휙 집어 던진 적이 있다. 그래도 분이 안 풀려 올라서서 그의 책을 차마 찢지는 못하고, 온 힘을 다해 지근지

근 짓밟기도 했다. 그러나 요즘 난 그의 말에 슬쩍 공감 갈 때가 있음을 고백한다. 가장 친한 친구에게 '등에 칼을 꽂히는' 경험을 두 번 가진 내겐 심지어 '과연 여자에게도 진정한 우정이란 것, 혈연을 초월한 자매애라는 것이 존재 하는가'라는 의문을 가질 때가 종종 있다. 자괴감으로 구체적 사항을 일일이 기술은 하지 않겠지만, 페미니스트인 내가 보기에도 여자란 복잡 미묘하고 이해할 수 없는 존재이다. 그 원인은 '성'의 태생적 한계라기보다는, 오랜 세월 사회적으로 구성되고 조성된 한계라고 생각하기에 안타깝기는 하다. 그럼에도 불구하고 여자 친구들의 그 '가벼운' 우정과 존재는 항상 참고 견디기 힘든 때가 많다.

사십대에 접어든 여자를 이른바 '토마토'에 비유한다. 토마토는 과일이 아닌 채소이면서 과일인 척한다. 마찬가지로 사십대 여자는 여자가 아닌 인간이면서 여자인 척한다는 말이다. 또한 '아줌마'는 흔히 '공대 여학생, ×대 여학생'과 함께 '제3의 성'에 분류된다. 이 두 가지만 보더라도 사십대 아줌마, 이중고에 처한 내가 성을 운운하며 교우 관계를 고민하는 것은 별 의미가 없을 듯하다. 굳이 '이중고' 운운 안 해도, SNS로 인해 홍수처럼 쏟아지는 친구, 그리고 그들과의 사귐의 문제는 성의 구별뿐만 아니라 공간의 제약, 심지어 언어와 국경의 제약까지 초월해 우리의 삶의 일부가 되고 있다. 그들과의 만남이 온라인을 한계를 넘어 오프라인의 삶에까지 파시스트적 속도로, 적극적으로 확대되고 있는 이 시점에서 '가볍지 않은' 벗과 진정성 있는 관계는 현대인의 남은 삶의 중요한 부분으로 한 번쯤은 깊이 생각해 볼 과제임이 틀림없다.

2. 사귐의 세 얼굴 — 시교(市交), 면교(面交), 대교(大交)

　박지원 소설 「예덕 선생전」은 크게 두 부분으로 나뉜다. 첫 번째 부분은 시교(市交), 면교(面交), 대교(大交)라는 인간 사귐의 성격 및 바른 사귐의 방식에 대해 기술하고, 두 번째 부분은 선귤자(蟬橘子)가 자신의 친구인 엄행수를 '예덕 선생(穢德先生)'이라 칭하는 이유 즉 박지원이 생각하는 이상적 인간상을 설명한다.

　사건의 발단은 싸가지라고는 찾아볼 길이 없는 제자 자목(子牧)이 스승인 선귤자에게 스승의 교우 관계를 빌미로 더 이상 당신에게 배울 수 없다고 선언하는 것에서부터 비롯된다. 선귤자는 당시 명망있는 사대부들, 고관대작들이 모두 친하게 지내려고 애쓰는 당대 최고의 학자이다. 그러나 부와 권력에 무관심한 선귤자는 이들 사대부들의 인간됨과 그릇됨을 알기에 결코 교우 관계를 승낙하지 않는다. 스승의 인격적 학문적 깊이에는 관심 없고, 스승의 지위 및 명성을 자신의 출세에 이용하고자 하는 제자 자목으로서는 이러한 스승을 도무지 이해도 용납도 할 수 없다. 한 술 더 떠 스승인 선귤자는 당시 최하층민, 인분(人糞)을 다루는 것을 직업으로 삼고 있는 엄행수를 자신이 가장 존경하는 친구라고 선언하자, 자목의 불만은 폭발한다. 자목은 결국 스승인 선귤자를 떠날 결심을 스승에게 감히 통고한다. 당대 최고의 학자이자 탁월한 스승 선귤자는 제자 자목의 부실한 내면을 너무나 잘 안다. 그 내면을 알기에 선귤자는 제자 자목의 도발에도 여유롭게 웃으며 바른 사귐의 세 가지 방식과, 진정한 인간의 모습을 강론한다.

　첫 번째는 시정배의 사귐, 즉 시교(市交)로 재물의 이해를 가지고 맺어지는 관계이고, 두 번째는 얼굴 하나만 가지고 사귀는 것, 즉 면교(面交)로 아부와 아첨을 통해 맺어지는 관계이다. 이 두 사귐의 방식은 시정잡배나 경박자들의 사귐이다. 아무리 사이가 좋아도 세 번만 부탁을 하게 되면 자연스럽게 관계가 멀어지게 되고, 아무리 원수 진 일이 있어도 이로운 일 딱 세 번만 해 주면 저절로 친하게 되어 있는 관계다. 어제의 적이 오늘의 동지이고, 어제의 동지가 오늘의 적이 될 수 있는 사귐으로 우리 인간들의 보편적 사귐이다. 세 번째는 대인(大人)들의 사귐, 즉 대교(大交)이다. 이는 가까운 척하지 않는 사귐, 마음으로 먼저 사귀고 덕을 허락하는 사귐이다. 따라서 생을 사는 동안 한 번도 현실 속에선 구체적으로 만나지 못한다 할지라도, 시공을 초월한 존중의 사귐이 바로 '대교(大交)'이다.

선귤자가 덕을 허락하는 '대교'의 대상인 엄행수는 세속의 시각으로 볼 땐 결코 대단한 사람이 아니다. 권력도 부도 학식도 소유하지 못한, 평민이라기보다는 오히려 천민에 가깝다. 엄행수의 차림새, 걸음걸이, 잠자기, 밥 먹기를 보면 예절이나 예법에 얽매임이 없기에 허식과 가식이 없다. 그러나 바로 이런 엄행수의 속성이 선귤자가 볼 땐 권력이나 부, 학식을 가진 사람이 결코 흉내낼 수 없는, 최고의 덕목이다. 주어진 직업에 성실하고, 주어진 대가 이외엔 바라는 욕망이 없어 쾌활하며 천진난만하다. 타고난 운명을 알고 변칙을 써서 그것에 거스를 야심을 품지 않기에 평안하며 정직하다. 이러한 엄행수의 자질은 당시 부와 권력을 소유했으나 더 많은 것을 탐하는 사대부들, 가난을 부끄러워하고 부에 교만한 선비들의 그것과 대조를 이루면서 당대 최고의 학자인 선귤자는 그를 당대 최고의 이상적 인간으로 칭송하며 그와의 사귐을 선망한다. 이러한 선귤자와 엄행수의 사귐, 겉보기나 이해관계에 얽매이지 않는 사귐이 바로 최고의 사귐인 '대교'이다.

3. 현 시대의 대교(大交)를 꿈꾸며

지금부터 수년 전 고현정과 천정명의 사랑을 그린 드라마 〈여우야, 뭐하니〉를 보면서 충격을 먹은 장면이 있다. 문학소녀였던 극중 고현정은 작가가 되고자 한 소녀 시절의 꿈과는 아주 거리가 먼, 성적 판타지를 쓰는 29세의 삼류 잡지사 기자이다. 결혼도 못 해 봤는데, 심지어 남자랑 자 보지도 못했는데 '자궁근종'을 판정받았다고 생각한 그녀는 단순한 혹을 암에라도 걸린 듯 오버한다. 그래서 죽기 전에 자신의 첫사랑인 선배를 찾아가서 고백이라도 하자는 생각으로 과감하게 그에게 전화한다. 충격적인 것은 오랜만에 대학 후배인 고현정의 전화를 받은 그 선배의 대사다. 선배는 대뜸 '너 돈 필요하니?' 고현정이 아니라고 한다. '너 직장 그만 뒀어? 취직자리 필요해? 무심코 흘릴 수도 있는 아주 짧은 장면이었으나, TV를 보던 난 저것이 바로 현대인의 사귐의 현주소라는 생각에 경악을 금치 못했다.

이해관계가 얽히지 않으면, 뭔가 요구 사항이 없으면 상호 연락할 일이 없는 관계가 오늘날의 보편적 친구 관계이다. 오랜만에 연락하는 친구의 용건은 드라마가 지적한 바, 딱 두 가지 중 하나 즉 '보험'이거나 '돈'이다. 선굴자가 지적한 바 '시교(市交)'이다. 맹자는 벗을 사귐에 따지지 말아야 할 사항으로 '장(長, 나이), 귀(貴, 지위), 형제(兄弟, 집안 배경)'를 말한다. 그러나 오늘날 우리는 벗을 사귐에 이 세 가지를 우선적으로 고려하거나, 이 세 가지만 본다. 이 세 분야에서 자신보다 탁월한 사람을 아첨과 아부를 통해 사귀면서 현대인은 자신의 밝은 미래를 기획한다. 이른바 '면교(面交)'이다. 때문에 우리 모두는 자신의 껍질에 틀어 박혀 홀로 고독하고 공허함에 울고 있지는 않은지…. 하고 싶은 이야기를 내면에 가득 품은 채 욕구 불만에 서성이고 있지는 않은지….

　대단한 학식이나 인격을 가진 대단한 사람이 아니라, 자연인으로서의 헛된 과욕 부리지 않고 하루하루 성실하고 진실 되게 살아가는 사람을 만날 수 있었으면 좋겠고, 내가 그런 사람이었으면 좋겠다. 허식과 가식이 없기에 헛된 칭찬과 아부를 남발하지 않으며, 부와 지위를 초월했기에 모든 언행이 자유롭고 쾌활한 인간이 내 친구였으면 좋겠고, 나 또한 그런 사람이었으면 좋겠다. 세상을 살아가는 인간이기에 부탁도 할 때도 받을 때도 있지만, 세 번이 아닌 백 번의 부탁을 주고받는다 할지라도 부담이 아니라 오히려 기쁨이 될 수 있는 관계였으면 좋겠다. 그들과 비록 멀리 떨어져 있지만, 대단한 덕이 아닌 평범한 덕과 일상의 교류로 하루하루가 충만할 수 있었으면 좋겠다.

제4장
장치로서의 문학 1
–사회적 모순의 고발로서의 문학

제1절 '그녀'들의 불안,
생존 기술로의 '사랑의 기술'

정이현, 「낭만적 사랑과 사회」

1. 결혼을 앞둔 '그녀'들의 불안

현대인은 불안하다. 그 이유는 다양할 수 있지만, 알랭 드 보통은 '지위'를 갈망하기 때문이라고 단언한다. 현대 사회에서 지위는 타인의 관심과 사랑을 얻는 열쇠다. 현대인이 지위를 통해 획득하는 사랑은 낭만적 사랑과는 다른 종류이지만, 지위로 인해 타인의 호의적인 눈길에 편안함을 느낀다는 점에서는 상통한다. 현대인은 지위를 가짐으로써 존재감을 획득하게 되고 타인의 관심과 존중을 받게 되고, 스스로는 스스로의 정체성과 존엄 그리고 신뢰할 인격을 가지게 된다. 따라서 현대인은 자기 확신인 지위를 갖지 못할까봐, 겨우 차지한 지위가 사라질까봐, 또한 자신의 아들과 딸이 지위 없이 살아 갈까봐 불안하다. 현대인들은 속물근성을 가진 타인들이 자기를 무시할까봐 불안하고, 평등하고 비슷한 능력을 가진 동료가 자기보다 더 나은 삶을 살아갈까봐 불안하고, 지위가 없어 무능력하고 부도덕하고 어리석게 보일까봐 불안하다. 신자유주의와 정보화 사회로 진입함에 따라 현대인의 지위는 고착화되며, 세습되기도 한다. 그래서 현대인들은 더욱 불안하다.

　현대를 살아가는 '그녀'들은 불안하다. '열 번 찍으면 넘어가는 나무'가 대다수이지만, '못 올라갈 나무이기에 쳐다보지도 말아야 하는 나무'도 있다. '아는 것이 힘'일 때도 있지만, '모르는 것이 약'일 때도 있다. 삶에 모순된 가치는 언제나 공존한다. 그 모순된 가치 중에 특정한 삶의 방식을 선택하는 것, 그리고 그것이 자신의 능력으로 선택하는 것이 아니라 결혼에 의해 주어질 경우엔 수많은 함정과 위험이 도사리기에 '그녀'들은 불안하다. 따라서 미혼 여성이 결혼할 대상을 선택하는 것은 문자 그대로 삶의 '건곤일척'이다. 물론 평균 수명을 고려해 볼 때 적어도 40년은 희로애락을 공유할 생의 동반자를 선택하는 것이 결혼이어서가 아니다. '그녀'들이 불안한 이유는 경제적 사회적 주체가 될 수 없는 대다수 미혼여성들에게 결혼은 앞으로 평생 누리거나 겪을 경제력을 가져다줄 '지위'와 관련되어 있기 때문이다. 신중함은 '그녀'들에게 너무나 당연히 요구되는 덕목이다. 이때 중요한 것은 선택 대상이기도 하지만, 선택 기준과 선택 방식은 더욱 중요하다. 또한 선택한 '대어'를 낚기 위해 '사랑의 기술'을 익히는 것은 생존과 맞닿아 있기에 생존기술이다. 이러한 '사랑의 기술(技術)'들을 기술(記述)하는 정이현 소설 「낭만적 사랑과 사회」는 발칙하다. 정이현은 결혼을 통해 계층의 수직 상승을 꿈꾸는 당돌한 주인공 유리(22세)를 통해 이미 하나의 '기술'이 되어버린 현대 사회의 '낭만적 사랑'의 기준과 방식을 소설적으로 형상화한다.

2. '사랑의 기술'은 '불안'을 제거할 수 있을까?

허울만 좋은 중소기업 임원인 '아빠 같은 남자'랑 결혼해서, 이십 년 만에 강남의 관문인 반포의 19.5평 아파트에 진입한 엄마의 서민적 삶은 유리에게 타산지석이다. 전망(?) 없는 남자애들에게 밥 사 주고, 같이 자 주고, 임신까지 한 친구 혜미를 보며 '여자애들의 대책 없음'에 경악한다. 유리는 '척박한 세상'에서 '진정으로 강한 여성'이 되기 위해 수많은 '사랑의 기술'을 체화시킨다. 일단 전망(?)은 없지만 단지 심심해서 가볍게 사귀는 남자 친구들을 용도별로 체계 분류해 둔다. 차가 없어 데이트하기에 불편하기 짝이 없지만 키스를 잘하기에 만나는 남자, 성급하게 자신의 몸과 사랑을 요구해 와서 귀찮기는 하지만 폼 나는 스포츠카를 몰고 다니기에 만나 주는 남자… 등등. 그러나 이들은 지위와 경제력이 없기에 불안한 자기 현재의 삶에서 자신의 불안을 덜어 줄 남자들은 아니다. 유리는 이들을 만나는 주지만, 그들 남자들은 그냥 유리의 진정한 '남자'가 나타나기 전까지 심심한 삶을 달래줄 도구일 뿐이다. 그런데 수많은 남자 친구들을 만나면서 유리는 불안하다. 그 이유는 남자친구들의 집요한 요구에 못 이겨 '깨어질까봐', 마지노선을 넘어갈까봐 불안하다. 따라서 유리는 그들의 집요한 요구를 뿌리치고 자신의 욕망을 잠재우는 '기술'을 체계적으로 잘 정리해 둔다. 모든 경우의 수를 포함한 매뉴얼이기에 소설을 읽고 있자면, 경악에 입을 다물 수가 없다. '금가면 끝'인 여자 유리는 그 수많은 '사랑의 기술'들에 의해, 숱한 연애에도 불구하고 '평범한 집안에서 반듯하게 자란 귀여운 아가씨'인 '최상품'의 가치를 유지한다.

수많은 남자와의 만남 끝에 유리는 마침내 자신의 모든 것을 걸고 한

판 승부를 벌일 결혼 대상을 선별해 낸다. 선택 기준은 자신의 상류 사회 진입을 가능하게 하는 부와 지위를 소유한 남자, 그리하여 자신을 불안한 현재에서 구원해 줄 남자이다. 유리는 부유한 집 막내아들, 미국에서 다섯 손가락 안에 드는 로스쿨의 학생, 가족 소개 및 조만간 결혼할 계획까지 알려주는 남자를 마침내, 드디어 만난다. 그 남자의 조건과 사랑의 행동엔 결혼 후 시부모님을 모시지 않아도 되며, 스스로 폼 나는 사회적 지위와 경제력을 가졌으며, 유리와의 사귐에 결혼은 전제로 두고 있다는 시니피에로 유리는 해석한다. 그러나 그 해석은 단지 유리의 주관적 해석일 뿐이다. 세상은 결코 만만치 않다. 그 남자 또한 여자 사냥을 위한, 자신만의 '사랑의 기술'로 유리를 유혹한 것에 불과하다. 그러나 자신만의 '사랑의 기술'을 맹신하고 있던 '절반의 고수' 유리는 타인의 '사랑의 기술'을 읽어내지 못한다.

유리는 그와의 결혼에 골인하기 위해 자신이 남자 경험이 없는 처녀임을 증명해 줄 하룻밤에 자신이 그동안 익혀온 '사랑의 기술'을 총동원한다. 그러나 어찌된 셈인지 자신이 처녀임을 증명해 줄 증거물은 온데간데없고, 남자는 처녀행세를 한 유리를 비웃는다. 결국 자신의 생을 건, 마지막 사랑의 기술인 '건곤일척'을 통해 유리가 얻어낸 것은 자신의 존재와 동일한, 진짜인지 짝퉁인지 모를 '루이뷔통 백' 뿐이다. 내팽개쳐진 현실이 낯설고 고독하지만, 주인공 유리는 '누가 뭐래도 그는 내가 사랑하는 사람'이라고 자기 최면을 건다. 이미 싸늘해진 눈초리와 목소리를 한 남자를 두고 결혼을 꿈꾸는, 하룻밤의 대가로 받은 '루이뷔통'이 진짜인지 가짜인지를 심각하게 고민하는, 이미 깨져버린 '유리'는 가련하다 못해 희극적이다. 대안 없는 세상에 내던져진 '유리'는 여전히 '불안'에 떨고 있는 상황에서 소설은 끝난다.

3. 너희 중 죄 없는 자가 '그녀'들에게 돌을 던져라

정말 인정하기 싫은 현실이지만, 차마 언급하기 민망하고 부끄러운 '여성'의 비주체적인 모습은 우리 사회 곳곳에 만연해 있다. 상품 진열대에 놓인 상품으로서의 자신의 외적 아름다움의 가치, 그 교환 가치로써 배우자를 선택하는 '취집'(취업으로서의 시집)이라는 용어는 현대 자본주의 사회의 사랑의 시장적 성격을 잘 말해 준다. 일정 기간 호르몬의 작용에 불과한, 철없고 순간적인 사랑 때문에 기득권을 포기하거나 이후 올지도 모를 가능성을 포기하는 경우는 신세대까지 갈 것도 없이 이미 기성세대가 된 필자의 세대에서도 지극히 드물었다. 그런데 여기서 중요한 것은 이러한 상황의 원인이 단순히 여성의 본성이나 무능력에서 기인한 것이 아니라는 점이다. 여성이 결혼을 통해 미래의 생계 및 불안정함을 해소하려는 것은 자본주의 사회, 가부장적 질서 및 교육과정에 의해 조성된 것임을 간과해서는 안 된다.

정이현 소설 「낭만적 사랑과 사회」의 주인공 유리의 '사랑의 기술' 리스트들로 대변되는 부정적 삶의 방식은 유리 자신의 우연적 선택이 아니라, 사회에 의해 내몰린 결과물로서의 불안에서 기인한 것이다. '빈익빈 부익부'의 가속화로 계층 간 유동성의 현격한 약화, 한국적 현실에 적합하지 않는 노동시장 유연화 정책의 실패로 인한 청년 실업의 증가, 부동산 시장의 폭등으로 인한 내 집 마련의 불가능성 등으로 젊은 세대들은 젊음의 패기와 순수함을 상실하고 영악해질 수밖에 없다. 요즘 젊은 세대들에게 최고의 재테크는 효도이며, 요즘 젊은 여성에게 결혼 전 반드시 챙겨 봐야 할 것은 시부모님의 자산 규모이다.

젊은 세대들은 '포장된 개성', '차이를 가장한, 변질된 평등으로서의

균일적 개성'이라는 역설적 존재로, 적당한 시장가치로 값 매겨져 교환
되는 상품이다. 인간적 가치와 상품적 가치의 전도라는 소외는 결국 '자
기기만'에 치닫고, 이는 그들이 누릴 수 있는 인간으로서의 자유를 축소
시킨다. 포이에르 바흐는 '낭만적 사랑'의 전제 조건 중 하나로 '여성의
경제적 자립'을 내세운다. 그러나 현대 사회는 젊은 여성들을 스스로의
자력으로는 경제적 자립이 불가능한 상황으로 내몬다. '낭만적 사랑'으
로 가는 길은 이미 차단되어 있기에, 젊은 여성들은 생존 전략으로서 '사
랑의 기술'을 익힌다. 자신에게 부를 가져다 줄 지위를 지닌 남자를 사냥
하는 현대 젊은 여성들이 비록 영악한 '죄인'이라 할지라도, 그들을 진열
대로 내어 몬, 원인제공자로서 기성세대들과 경제적·사회적·정치적
주체로서의 남성들은 그들에게 돌을 던질 자격 따위는 애초에 없다.

4. '사랑하기의 기술'은 불안을 극복한다

알랭 드 보통은 현대인이 불안에서 벗어날 수 있는 대안으로써 철학
과 예술, 죽음에 대한 인식, 진정한 공동체 그리고 보헤미안적 생활태도
를 제시한다. 세인들의 모욕이나 비난, 빈곤 앞에서도 늘 차분하고 동요
가 없었던 소크라테스나 디오게네스와 같은 철학적 태도와 자세로 살아
가면 지위에 대한 불안은 충분히 극복해 낼 수 있다. 또한 삶을 비평하고
통념을 교정하는 문학, 자신도 언제나 파멸당할 수 있다는 인식을 가져
다주는 비극, 기득권과 권력의 속성을 비웃는 희극 등의 예술은 지위를
갈망하는 속물들을 일깨운다. 타인의 판단과 시선으로부터 자유롭게 하
고 생의 근본을 자각하게 하는 죽음에 대한 인식 그리고 물질적 성공보
다는 예술과 감수성, 영혼의 자유에 소중한 가치를 부여하는 보헤미안적

생활태도 역시 현대인의 불안을 해소한다. 그러나 알랭 드 보통이 지적하듯이 현대인은 앞의 모든 것으로 불안에서 벗어날 수는 있지만, 사회적으로 고독과 단절의 삶을 살아갈 수밖에 없음 또한 엄연한 현실이다. 따라서 이 모든 대안들은 근본적인 해결책이 되기엔 불충분하다.

에리히 프롬의 『사랑의 기술(Art of Loving)』은 원칙적으로 '사랑하기의 기술'이다. 명사로서의 '사랑'은 상대방을 대상화하고 '소유'하지만, 동사의 명사형으로서의 '사랑하기'는 행동이기에 상대방을 창조적인 '존재'로 인식한다. 프롬의 '사랑하기'엔 '배려(생명과 성장에 대한 적극적 관심)·책임(요구의 만족을 위한 공헌)·존경(잠재 능력과 성장의 인정)·지식(사랑의 행동 그 자체)'의 네 가지 방식이 존재하고, 이들 네 가지 '사랑하기의 기술'을 재현함으로써 현대인은 자본주의 사회에서의 '불안'를 견디어 낼 수 있다. '사랑하기의 기술'을 실천할 때, 우리는 자신의 통합성 곧 개성을 유지하는 상태에서의 합일을 경험하게 된다. 진정한 사랑은 능동적인 힘이다. 사랑을 통해 우리는 타인과 신뢰를 교환하고, 타인과 결합한다. 그리고 진정한 자기 발전을 향해 진보한다. 진정한 사랑을 위해 프롬의 지적처럼 끊임없는 자기 연마와 정신 집중, 그리고 인내가 필요하다. 자본주의 사회의 기초를 이루는 원리는 사랑의 원리와 상충되지만, 현대인은 사랑의 기술과 그 원리를 실천함으로써 소외의 속박에서부터 벗어난다. 나아가 인간성과 사랑을 해방하는 근원적인 변화를 포함한 지속적인 사회 변혁에 대한 희망도 가질 수 있다. 따라서 '사랑하기'에 관한 기술을 익히는 것은 단순히 개인적 차원이 아닌, 사회적 차원에서의 희망의 메시지이다.

일회성의 삶, 유한성의 삶 자체를 인식하는 일은 한 개인으로 하여금 허무와 고독 그리고 불안을 경험하게 한다. 거대한 자본주의의 구조적 모순과 그 가속도를 자각할 때마다 우리는 좌절과 절망으로 불안해 하지만, 불안에서 벗어날 수 있다는 기대를 접는다. 하지만, 우리는 '사랑하기의 기술'을 익힘으로써 자신의 삶과 사회를 풍요롭게 만들 수 있다는 희망을 가질 수 있다. 삶은 지속된다. 삶이 지속하는 한, 사랑하기 또한 지속되어야 한다. 진정한 '낭만적 사랑', 그것은 자본주의 사회를 살아가는, 불안한 개인이 반드시 성취해야 할 삶의 혁명이다.

〈쓰리 몬스터〉 中 박찬욱, 〈CUT〉

1. 사회적 '불안'은 '몬스터'를 생산한다

영화 〈쓰리 몬스터(Three Extremes)〉는 한국의 박찬욱, 중국의 프룻 첸, 일본의 마이케 다카시 감독이 합작하여 만든 옴니버스식 영화다. 이 세 감독들은 인간 내면 혹은 외부에 존재하는 가장 극단적 형태의 '괴물'들을 각 나라의 사회 문화적 상황 및 요소와 접목시켜 영화로 형상화한다. 홍콩의 프룻 첸 감독은 태아를 재료로 만든 만두를 먹으면서까지 젊음과 성에 집착하는 인간의 추악한 욕망을, 일본의 마이케 다카시 감독은 방화 살인에까지 치닫는, 사랑에 대한 집착으로 인한 질투란 감정을 '몬스터'로 제시한다. 늙음과 소멸에 대한 '불안', 유효기간이 존재할 뿐만 아니라 라이벌이 존재할 때 빼앗길 사랑에 대한 집착이 '불안'을 호출하고, 그 불안들은 결국 인간을 괴물로 만든다는 인간적 진실을 영상으로 펼쳐 낸다. 이 두 감독은 인간 내면에 존재하는 '불안'이라는 음험한 괴물들에 집중했다. 반면 박찬욱 감독은 외부, 즉 사회 현실 및 구조적 모순으로 시선을 돌린다. 박찬욱은 단편 영화 〈CUT〉을 통해 현대 한국 사회를 살아가는 현대인을 한계 상황까지 내어 모는 몬스터를 형상화한다. 그 괴물의 실체는 바로 '계층을 재생산하는 후기 자본주의 한국 사회의 구조적 모순'에 내몰린 현대인의 '불안'임을 주장한다.

2. 사회적 불안은 '자기파괴'와 '타인파괴'로 귀결된다

우리는 소설이나 영화 속의 등장인물을 사람(person)이 아닌 성격(character)이라 칭한다. 이는 허구 속에 등장하는 인물들은 살아 생동하는 인격체라기보다는 작가에 의해 의도적으로 형상화된 구성체로서 주제를 형상화하기 위한 일종의 기호이자 집단·시대·성격을 대표하는 하나의 전형이다. 영화 〈CUT〉의 주요 캐릭터로는 감독인 유지호(이병헌), 감독의 아내인 피아니스트 이미란(강혜정), 그리고 엑스트라(임원희) 세 사람으로, 이들은 각각 상류층 엘리트 지식인, 비경제적 상류 예술인, 도시 하층민인 전형이다. 여기서 중요한 것은 이들의 계층은 주체적 노력에 의해 후천적으로 획득한 것이 아니라는 것에 있다.

감독 유지호(이병헌)는 상류층인 부모를 만나 일류대를 나와 미국 유학 이후 수많은 수상 경력을 가진, 탁월한 엘리트 감독이다. 물론 유지호의 자기변명에서 나타나듯 치열한 경쟁을 뚫고 스스로의 노력의 결실로 획득한 지위이기도 하지만, 엑스트라의 지적처럼 '부자 부모'가 없었으면 애시당초 입장권조차 얻지 못했을 것이란 것은 엄연한 현실이다. 결과적으로 영화감독 유지호는 극 중 엑스트라(임원희)의 대사처럼 '잘생기고, 돈 많고, 예쁜 아내 거기다가 착하기까지 해서 죽으면 천국으로 갈' 선인이다. 반면 엑스트라는 도시 하층민인 부모를 만나 돈 없고, 못

배우고, 못 생겼기에 엄청난 노력에도 불구하고 배우가 되지 못한다. 유지호와 엑스트라 모두 피나는 노력을 했다. 그러나 이 둘의 운명은 주어진 유전적 환경에 의해 이미 결정되어 있었다. 결과적으로 유지호는 세계적 영화감독이 되었지만, 엑스트라는 영화에서 뿐만 아니라 사회적 삶에 있어서도 엑스트라일 뿐이다. 더 끔찍한 사실은 엑스트라는 자신의 아버지가 그러했듯 자신도 항상 술 먹고, 자기 아내를 때리는 '악인'이 되었다는 '계층의 재생산'이란 현실에 있다. 엑스트라는 자기 아들도 결국엔 자신과 같은 변두리 인생을 살 것이라는, 계층의 재생산이라는 사회 구조적 모순에 좌절한다. 나아가 이 땅 계층의 구분이 결국 선/악의 구분으로 내세에까지 지속될 것임에 절망한다. 삶이 죽음보다 비참한 현실, 출구도 희망도 보이지 않는 미래의 시간은 그에게 '불안'을 가져다주고, 그 결과 그는 '불안'을 파괴하고자 '자기 파괴', '가족 동반 자살'이라는 극단적이고 슬픈 결심을 하게 한다.

엑스트라는 아내를 '삼십 분간' 목 졸라 죽인다. 죽어가는 아내의 눈을 똑바로 바라보며 목을 졸라야만 했던 '삼십 분'이라는 '영겁'의 시간은 엑스트라가 겪어야 했던 심리적 갈등과 고뇌의 깊이를 말해준다. 아내가 미워서 죽이는 것도 아니다. 자신이 악해서 행하는 살인이 아니다. 그 '삼십 분'이란 시간은 오히려 사랑하니까, 선하니까 아내를 죽일 수밖에 없음을 서술하고 있다. 하지만 아들까지는 차마 제 손으로 죽일 수 없다. 가족 동반 자살을 결심한 그에겐 두려움은 이미 존재하지 않는다. 엑스트라는 성공한 상류층 엘리트인 유지호 감독을 타겟으로 삼아 테러를 감행한다. 유지호 감독은 '착하다'는 평판을 받지만, 엑스트라는 사전 뒷조사를 통해 실제로는 다 위선이고 거짓이라는 것을 알게 된다. 엑스트라의 테러는 유지호 감독으로 대변되는 상류층의 이중생활을 폭로하는 수단이고 일종의 실험이다.

엑스트라는 감독 유지호가 엑스트라의 아들을 죽이지 않으면, 피아니스트인 아내의 손가락을 20분에 하나씩 도끼로 절단하겠다고 협박한다. 여기서 '손가락 자르기'는 영화 〈CUT〉의 구성 방식인 '심리적 패턴'을 형성한다. 감독의 아내인 이미란(강혜정)의 손가락이 하나씩 잘려 나갈 때마다 숨겨진 내면의 악이 표출되고, 상류층 엘리트의 위선적이고 추악한 삶이 폭로된다. 세련되고 다정했던 유지호/이미란 부부는 사실 서로 내면 깊숙이 증오하고 있었으며, 각자 수년간 다른 애인과 불륜을 저지르고 있었음이 밝혀진다. 피아니스트 이미란은 자신의 손가락 세 개를 위해 아이를 죽이라고 남편 유지호에게 소리친다. 하층민의 존속 살해라는 범죄 행위의 기저엔 사랑이 있었고 현실에의 불안과 절망이란 타당한 이유가 있었지만, 이미란의 살해엔 기껏해야 자신의 무용지물인 손가락 세 개라는 명분뿐이다. 이 부분에서 관객에게는 누가 선인이고 악인인지에 대한 판단은 유보되고, 또한 전이된다. 이미란은 결국 자신의 손가락 하나를 지켜내기 위해 발을 헛디딘 임원희의 목덜미를 물어뜯어 흡혈함으로써 사태를 종결짓는다.

3. 몬스터인 이분법은 해체되어야 한다

영화 〈CUT〉은 '불안'이라는 '몬스터'를 생산하는 이분법적 사회의 해체를 지향한다. 박찬욱 감독은 영화 〈CUT〉이 지향하는 '이분법 해체'를 여러가지 형식적 기법 및 영화적 장치를 통해 주제를 효과적으로 보여주는데 영화감독인 유지호가 만드는 영화 세트와 그의 현실 생활 공간인 집의 공간이 동일하게 제시됨으로써 현실/비현실의 구분이 모호해진다. 또한 흡혈귀 염정아/피아니스트 강혜정의 복장 및 흡혈의 모습이 동일하게 제시되면서 괴물/인간 사이의 경계 역시 해체된다. 그 중 영화감독이었던 유지호는 엑스트라의 지시에 의해서 코믹 배우로 전락하여 감독/배우의 구분 역시 뒤집힌다. '이분법의 해체'라는 이러한 형식적 기법은 내용적 측면에서 '선/악 구분' 역시 해체한다. 영화 〈CUT〉에서 '선/악'은 타고난 개인의 선천적 본성의 차이가 아니라, 상황에 따라 표출되는 행동 양상일 뿐이다. 이 상황은 사회 경제적 상황에 따라 주어지는 상황이다. 영화 처음에 극중 성인 유명 남자 배우가 여중생 복장—이것도 이분법 해체의 한 양상이다. 성년/미성년, 남/녀의 이분법을 해체한다—을 하고 영화감독인 유지호에게 자문을 구한다. "다중 인격 연쇄 강간 살인범, 그거 내가 할 수 있을까?" 하고. 영화를 다 보고 나면, 관객은 그에 대한 답변을 할 수 있다. 당연히 "Yes!"이다. 인간의 선/악은 타고난 품성이 아니라, 상황과 환경에 의해 극단으로 내몰릴 때 표출되는 하나의 행동일 뿐이다. 인간은 상황에 내몰리면, 불안을 느끼면, 그 불안이 좌절과 절망으로 전이되면, 누구나 다 '다중 인격 연쇄 강간 살인범'이 될 수도 있다는 것을 영화 〈CUT〉은 주장한다.

4. 몬스터를 해체하는 사회적 죽음들에 주목하라

박찬욱 영화 〈CUT〉은 그 설정의 잔인함으로 인해 끝까지 관람하는 것 자체가 상당히 힘들다. 강요한 살인 행위에 감독인 유지호가 복종할 때까지 엑스트라가 피아니스트인 감독 아내의 손가락을 20분에 하나씩 도끼로 절단한다는 설정 자체가 곤혹스럽다. 관객은 유보된 폭력에 대한 불안을 품고 영화를 지켜본다. 관객은 약간의 시간이 흐르면 도끼날에 인질의 손가락이 잘려나갈 것이라는 사실을 너무나 잘 알기에 시간의 흐름은 곧 공포와 불안의 증폭이다. 특히 엑스트라가 손가락 봉합 수술을 못하게 하도록, 자른 손가락을 믹서기에 넣어 갈아버릴 땐 그 잔혹함에 뇌가 하얗게 질리는 순간을 경험하기도 한다. 우리가 영화 〈CUT〉을 볼 때 느끼는 그 불안과 역겨움이 바로 박찬욱 감독의 의도이다. 영화 〈CUT〉의 등장인물을 극단으로 몰게 한 근본 원인은 '계층의 재생산'에 대한 불안이라는 '몬스터'이다. 그 '몬스터' 같은 사회를 지켜보는 것은, 잔혹한 영화를 지켜보는 것보다 더 힘겹고 역겨운 일임을 박찬욱 감독은 영화〈CUT〉을 통해 단호히 선언한다. 또한 계층의 대물림이라는 사회 구조적 모순은 일종의 시한폭탄으로, 스위치만 눌리면 때를 맞춰 폭발하여 우리 모두의 삶의 기반을 송두리째 흔들 수도 있음을 엄중히 경고한다.

마르쿠제는 죽음 특히 자연사를 개인의 자유로운 선택이 아닌 사회적인 것으로 규정한다. 사회의 지배 이데올로기는 종교·예술·학문이 결탁하여 '자연사'를 가장 이상적인 죽음으로 제시함으로써 각 사회 구성원의 노동력 및 자유와 삶을 관리하고 구속한다. 사회 구성원들은 '자연사'에 대해서는 어떠한 의문을 품지 않는다. 지배 이데올로기는 죽음을 자연사로 규정함으로써 한 죽음이 야기하는 사회적 소요 및 혼란을 원천적으로 봉쇄한다. 마르쿠제는 이에 대한 저항으로 각 개인이 지배 이데올로기에 의해 규정된 죽음에 대한 공포 및 금기를 스스로 극복하고, 죽음을 자신의 것으로 소유할 것을 주장한다. 각 인간이 스스로 죽을 수 있는 권리를 소유하게 될 때 인간은 진정한 자유 및 해방을 획득하게 된다고 말한다. 장 보드리야르는 여기서 한 걸음 더 나아가 사회적 이슈가 되는 '자살·테러·살인' 등 사회적 죽음을 적극적으로 '상연'할 것을 주장한다.

박찬욱 영화 〈CUT〉의 죽음은 모두 살인과 테러, 자살에 해당하는 사회적 죽음이다. 박찬욱은 이러한 극단적 죽음의 양상을 통해 관객에게 불안과 공포를 환기(喚起)한다. 그 불안과 공포의 원인은 한 개인의 악이 아닌, '계층의 재생산'이라는 '폐쇄적 사회 구조'임을 공표한다. '8대2의 사회'란 한 국가 경제 규모의 80%를 상위 20%가 소유한, 빈부 격차가 극심한 우리 사회의 단면을 상징적으로 잘 보여주는 단어이다. '계층의 재생산, 가난의 대물림'이란 현상은 이 빈부 격차가 갈수록 심화될 뿐만 아니라, 영원히 고착된다는 폐쇄적 사회의 암울한 미래를 잘 설명해 준다. 지난 10월에 시작되어 지금까지 행해지는 월가의 99%의 반란은 80%로 대변되던 사회 저소득층이 이젠 99%라는 대다수로 심화 확산되었음을 보여주는 단적인 지표이다. 미래엔 상황이 개선될 것이라는 희망조차 없다면, 비참한 현실의 불안을 견디게 하는 삶의 동력은 존재할 수 없다. 물론 박찬욱 영화 〈CUT〉에서 보여 주었듯 폐쇄적 사회의 구조적 모순은 한 개인의 죽음이나 테러로 제거되지 않는다. 그러나 영화 〈CUT〉은 그 병폐에 대한 불안과 공포감, 그 괴물스러움을 구체적이고 현실적으로 느낄 수 있게 하였다는 것만으로도 그 의의를 찾을 수 있다.

우리가 살고 있는 사회 구성원들은 수많은 사회적 죽음을 통해 한국 사회의 현실에 문제를 제기한다. 담론을 형성하거나 의사 결정권이 없는 사회적 약자들에게 죽음이란 불안으로부터의 도피가 아닌 하나의 강력한 발언이다. 우리는 그들 죽음이 말하는 이야기에 귀를 기울이고, 그에 대한 논란을 사회적으로 확산시켜 나가야 한다. 그리고 그들의 불안을 사회적으로 해소시킬 방안을 모색하고 실천해야 한다. 그것만이 이 괴물 같은 사회에서 출구를 모색할 수 있는, 불안으로부터 출구를 꿈꿀 수 있는 유일한 방식이다.

제3절 능력과 태생 사이

KBS 드라마 〈브레인〉

1. '태생'은 강력한 '운(運)'이다

'노력하는 자는 머리 좋은 자를 못 따라가고, 머리 좋은 자는 운 좋은 자를 못 따라간다'는 속설이 있다. 노력한 만큼 결과가 산출되는 것이 아니며, 또한 머리 좋은 자가 노력한다고 해서 무조건 성공할 수 있는 세상이 아님을 우회적으로 나타내는 말이다. '운'이라는 말은 순수한 의미의 행운도 의미하지만, 현실에서 '운'이란 인종·유전·환경과 같은 태생적 배경이나 성격 등도 포함한 개념이다. 죽도록 노력해도 그 결과가 만족스럽지 못한 사람, 능력도 있고 엄청난 노력을 기울였음에도 불구하고 세상일이 뜻대로 되지 않는 것을 경험한 대다수의 사람들은 이 말에 긍정할 수밖에 없을 것이다.

그렇다. 사람마다 타고난 능력의 차이는 분명히 존재하는 것 같다. 성장 환경이나 경험의 폭, 사회화 과정에서 굴절과 변모를 겪기는 하지만, 외모·단순암기력·집중력·인내력·지적 호기심·성취욕 등은 후천적 노력의 산물이라기보다는 선천적으로 타고 나는 능력인 것 같다. 그 노력과 능력이 타의 추종을 불허하는 최상의 것이라 할지라도, 이른바 '라인'이 튼튼하지 않으면 사회적으로 성공하기란 하늘의 별따기인 것이 현실이다. (물론 간혹 별을 딴 '스타'들이 있기는 하다. 이러한 '스타'들 때문에 대다수 민간인들은 '하면 된다'는 신념 혹은 망상을 갖기도 한다.) 이러한 현실 속에서 우리는 어떻게 해야 할까? 타고난 능력이 보잘 것 없는 사람은 영원히 열등한 존재로 살 수밖에 없을까? '운'이 없는 사람 역시 '육두품'의 골품의 범주 내에 주어지는 혜택에 감지덕지하며 살 수밖에 없을까?

2. 골품제도는 현대에도 여전히 유효하다

신하균 주연(유현기 · 송현욱 연출, 윤경아 극본)의 드라마 〈브레인〉의 인기가 날로 치솟고 있다. 명불허전은 드라마계에서도 통하는 진리이다. 현 시대 시청자들의 까다로운 취향을 만족시킴으로써 주목을 받는 드라마들은 현대인들의 감성이든 이성이든 시청자들의 공감을 자극한 코드가 반드시 존재한다. 돌다리도 남 건너는 것 다 지켜본 후, 두들겨 가면서 건너는 성격인 나는 작가나 연출가 혹은 배우의 명성에 기대어 1회부터 지켜보는 드라마는 거의 없다. 매회 시청률을 경신해가며, 문화/연예란 기사가 그 드라마를 향해 갈 때쯤부터, 그 열풍의 코드와 실체를 궁금해해 가며 살펴본다. 드라마 〈브레인〉도 예외는 아니었다.

드라마 〈브레인〉에 등장하는 캐릭터는 크게 두 부류로 분류된다. 한 부류는 이강훈(신하균)을 전형으로 내세우는 쪽으로 '능력'은 소유했지만, 초라한 '태생'으로 인해 현실 속에서 지속적으로 '물만 먹'는 부류이

다. 다른 부류는 서준석(조동혁)으로 아버지가 천하대학병원 부원장 후
보인 이른바 '성골' 태생이다. 드라마 속 주인공 이강훈은 한국 최고 대
학인 천하대의 신경외과전문의로서 전지전능에 가까운 능력을 지녔다.
단 한치의 실수도 실패도 없기에 최고의 권위자인 스승 김상철 교수(정
진영)나 강력한 라이벌인 서준석(조동혁)까지도 그의 탁월한 능력만큼은
인정하지 않을 수 없다. 그럼에도 불구하고 드라마 속 이강훈이란 캐릭
터는 서준석처럼 고귀한 태생을 타고나지 못했기에 처참하게 바닥까지
침몰한다.

　실력으로 볼 때 당연히 자신에게 돌아와야 할 조교수의 지위는 서준
석에게 돌아간다. 이강훈에게 조교수란 지위를 미끼로 논문 대필 등 갖
가지 부정한 일을 시킨 신경외과 과장 교수는 자신의 영달을 위해 부원
장이 될 동료의 아들인 서준석을 지지한다. 실력보다는 태생과 학연이란
'줄'을 임용의 잣대로 들이대는 것은 다른 대학병원 역시 마찬가지여서
이강훈은 다른 병원 취업 역시 뜻대로 하지 못한다. 부양해야 할 가족인
어머니는 라이벌 서준석의 집 가사도우미를 한 사실이 알려지고, 어머니
가 선 보증 때문에 사채업자가 이강훈이 근무하는 병원까지 와서 행패를
부려 이강훈의 입지를 초라하게 만든다. 설상가상으로 이강훈의 어머니
마저 질병으로 사망한다. 태생이 우월해 현실적으로 승승장구하는 서준
석 역시 힘겹기는 마찬가지이다. 자신이 이강훈보다 잘난 것은 태생밖에
없음을 잘 알기에, 항상 실력 면에서 뒤졌던 서준석은 이강훈 콤플렉스
에서 벗어나지 못한다. 지위를 이용해 이강훈의 자존심을 건드리고, 이
강훈 앞에서 군림할수록 초라해지고 비참해지는 자신을 혐오한다. 우월
한 태생은 보다 더 높은 지위를 향한 야망을 품게 하고, 실력 미달의 서
준석은 그 지위에 도달하기 위해 자신 역시 천민 출신 이강훈처럼 갖은

더러운 술수를 쓸 수밖에 없는 현실에 직면한다.

드라마 〈브레인〉은 현대 사회에서 지위를 획득하기 위한 두 가지 수단인 '태생'과 '능력'의 현실적 역학 관계를 샅샅이 해부해 주는 드라마이다. 바닥까지 추락했던 이강훈이 갖은 고군분투와 술수 끝에 다시 천하대 신경외과 조교수로 화려하게 컴백했을 때, 라이벌 서준석과 주고받은 말다툼은 태생과 능력의 역학 관계 속에서 태생이 여전히 우월한 자리를 선점하고 있는 현실의 실체를 잘 보여준다.

> 서준석 : 돌아왔구나. 기어코…어쨌거나 너의 그 끈질긴 집념, 대단하게 생각
>   한다.
> 이강훈 : 그러게. 거기다 서 선생과 동등해져서 돌아왔네. 기어코!
> 서준석 : 돌아오느라 애썼다.
> 이강훈 : 언제나 죽어라고 애써야 하는 팔자로 태어났으니까…누구와는 달리
>   말이지…당연하지.
> 서준석 : (여유만만한 비웃음을 웃으며) 그래. 그런데…아무리 애써도 도저히
>   넘볼 수 없는 자리는 여전히 있지 않을까? 그걸 또 느끼게 될지 모르겠
>   다. 네가….

서준석 역시 평균 이상의 능력을 지닌 존재이지만, 이강훈에 비하면 턱없이 부족하다. 그러나 타고난 지위를 이용해 손쉽게 조교수가 된다. 이강훈은 전지전능한 능력만을 지녔기에, 죽어라고 애써서 조교수가 된다. 동등해졌다고 의기양양해 하던 이강훈에게 서준석은 여유만만한 비웃음을 날린다. 노력과 실력으로 얻을 수 있는 자리는 거기까지라는 것, 아무리 네(이강훈)가 노력해도 넘볼 수 없는 자리는 여전히 존재한다는 것, 그 자리를 차지하는 사람은 지금까지 그러했듯 태생이 우월한 자기 자신임을 잘 알고 있기에 그는 이강훈의 비꼬는 말에도 웃을 수 있는 여

유를 지닌다. 정의는 없다. 끝없는 서열이 존재하는 현실의 한 가운데에서 이해관계에 따라 펼쳐지는 조직 내 구성원들의 암투(暗鬪)와 사투(死鬪)만이 존재한다.

드라마 〈브레인〉의 3/4 시점인 15회에 이를 때까지 반전 하나 없이 처절하게 무너지는 이강훈의 절규와 아픔에 '성골'이나 '진골'로 타고나지 못한 대다수 시청자들은 깊이 공감했을 것이다. 기득권자들이 이강훈의 탁월한 능력을 이용만 하다가, 필요가 없거나 자신에게 불리할 때 가장 먼저 삶아 버리는 모습을 통해, '개' 같은 천민의 인생이 받을 수밖에 없는 수모에 깊은 슬픔과 분노를 가졌을 것이다. 탁월한 배우 신하균은 천재 의사의 냉철한 능력, 인정할 수 없는 패배에 대한 폭발적 분노, 현실에서 살아남기 위해 적들에게 무릎 꿇을 수밖에 없는 비애를 훌륭하게 연기해 낸다.

드라마 〈브레인〉은 해피엔딩, 핫(hot)한 러브 라인의 설정, 문제 해결적 구성이란 드라마투르기를 화끈하게 무시하고 끝없이 비참한 상황만 펼쳐내는 아주 별다른 드라마이다. 그럼에도 불구하고 높은 시청률을 기록하는 것은 모두가 공감하는 능력과 태생의 역학 관계라는 주제 의식, 그리고 신하균, 정진영을 비롯한 출연진들의 연기력 때문이다. 현실의 모든 문제가 그러하듯 태생의 한계 역시 선량한 성골들의 성자 같은 도덕성 외엔 해법을 기대하기 힘들다. 이것이 우리가 처한 불편한 진실이다. 그러기에 현실 속의 모든 존재들은 이전투구하고, 천민들은 주인 밥상의 부스러기 정도에 만족하면서 위안을 삼을 수밖에 없다.

3. 유토피아를 향한 해결책을 실천하라

난 스스로 타고난 능력의 한계도 절감해 봤고, 노력에 상응하지 못하는 결과의 참담함도 경험해 봤고, '운'빨로 출세하는 사람들을 복합적 심정으로 쳐다보기도 했다. 역으로 본의는 아니지만 나 또한 타고난 보잘 것 없는 능력으로, 약간의 노력으로 그리고 눈먼 '운'으로 어쩌면 다른 사람을 좌절시켰을지도 모른다. 현대 사회는 어쩔 수 없는 경쟁 사회이기 때문이다. 피해자가 가해자가 되는 연쇄적 화학반응에 모두 힘겨워함에도 불구하고 역화학 반응을 야기할 촉매는 여전히 존재하지 않는다.

니체는 『선악의 저편』에서 이상적 현실을 위해 엘리트적 존재들로 구성된 '새로운 계급'이 성장하여 유토피아를 향한 세상의 '의지'를 정화하고 재정비할 것을 주창한다. 문화적 엘리트들은 긍정밖에 모르며 강인하고 충만한 경험을 바탕으로 새롭고 진정한 가치를 창조하는 존재들이다. 이들이 세상과 자신에게 주어진 역할을 훌륭하게 수행하게 되면, 고갈의 현재를 극복함과 동시에 이전에 존재하지 않는 독자적인 모습으로 세계를 벼릴 수 있다는 것이다. 니체는 '귀족정치'야말로 인류가 사용할 수 있는 한도 안에서 가장 강력하게 진화된 '삶의 형식'을 표상한다고 주장한다. 능력대로 인정받을 수 있는 사회, 노력만큼 결실이 주어지는 '기회균등'은 선한 '귀족'들에 의해 성취되고, 결과적으로 사회는 건장을 유지하고, 자아는 자기완성을 이룰 수 있을 것으로 주장한다.

나 역시 유토피아를 이룩하는 가장 빠른 방법은 선한 '귀족'의 각성과 실천에 있다고 생각하는 사람 중 한 사람으로 니체의 견해에 동조한다. 대한민국의 '귀족' 상위 1%가 선량했다면, 지상 낙원은 이루어졌을 것이다. 대한민국 상위 1%가 상식적이고 공정하기만 했어도, 대한민국은 세상에서 가장 살기 좋은 나라가 되었을 것이다. 상위 1%가 특권을 남용하지 않고 불법을 자행했을 때 일반인이 받는 법적 처벌을 받기만 했어도, 대다수 국민들은 '정의'라는 존재에 대한 회의를 품지 않았을 것이다. 그러나 현실과 역사는 '귀족'이, 기득권이 선량하기가 얼마나 힘든가를 우리에게 말해준다.

역시 해결책은 없다. 단지 내가 내 나름대로 찾은 생존책은 있다. 성골로 태어나지 못한 대다수의 우리 모두는 주어진 능력이 일단 무엇인지, 그 역량의 정도를 객관적으로 진단해야 한다. 자신의 능력의 정도는 가진 역량의 최선을 다해 노력해야만 알 수 있다. 스스로 할 수 있는 일을 다 한 이후에 결과는 그야말로 '천운'에 맡길 수밖에 없다. 내가 최선을 다해 얻을 수 있는 결과가 수치상 100이라면, 난 200을 얻을 수 있게끔 노력해야 한다. 그러나 90정도의 성과가 주어진다면 그것에 만족하며 사는 것이 나와 타인 사이에 평화를 유지할 수 있게 하는 것 같다. 나머지 10을 가지려 하거나, 200을 원한다면 비인간적인 무리수를 둘 수밖에 없고, 결과는 '자기 파괴'일 뿐이다.

그러나 대다수 인간은 자신의 능력을 자각하지 못한다. 최상의 결과가 100임에도 불구하고 대다수 150 이상의 성과를 갈망한다. 욕망한 바를 이루지 못한 사람은 패배감에 젖어 평생을 살고, 또 욕망한 바를 우연히 성취하게 된 사람 역시 '너무 큰 옷'에 몸을 맞추느라 과부하에 걸려 자신과 타인을 불행하게 한다. '너무 큰 옷'을 입은 순간은 행복하겠지만, 업무에 들어가면 자신의 한계를 본인은 물론 타인도 즉시 알게 된다. 업무와 능력의 갭을 메우기 위해 여러 가지 방책을 찾지만, 이도저도 신통치 않다. 누수현상은 지속되고 가중된다. 이럴 때 '너무 큰 옷'을 입은 사람이 가진 것은 이른바 허울뿐인 '지위'이고, 타인들이 자기 '지위'를 인정해 주지 않는다는 피해의식에 빠지게 된다. '지위'에 맞는 대접을 받아내기 위해 맹목적 권위주의에 빠져 권력을 휘두르게 되는 것은 필연적 귀결이다. 결과적으로 본인도, 타인도, 조직도, 공동체도, 사회도 불행해질 수밖에 없다.

　자신의 능력 부족으로 인해 바랄 수 없는 것은 바라지 말자. 일단 본인이 할 수 있는 것은 최선을 다해 노력하자. 그 과정에서 자아를 발견하고 성취감을 얻고 그로 인해 만족하자. 천박하게 결과에 집착하지 말고, 그저 결과는 주어지는 덤이라고 생각하자. 이것이 내가 상처받지 않고 평안을 유지하는 비결이고, 타인과 세상을 평화롭게 하는 비결이 아닐까? 더불어 다른 한편으로는 투명한 사회, 열린 사회 그리고 공정한 사회를 이루기 위해 사회적 시스템을 구축하기 위한 개인과 집단의 노력 또한 멈추지 말아야 한다. 그 노력의 결과로 우리 세대는 아니라 할지라도 우리의 딸들과 아들들이 살아가는 세대에선 '운 좋은 자는 머리 좋은 자를 못 따라 가며, 머리 좋은 자는 노력 하는 자를 못 따라 가'는 사회가 이루어지기를 간절히 희망한다.

제4절 '그래도' 끝내지 말아야 할 사랑을 위하여

공지영, 「별들의 들판」

1. 역사를 모르는 것은 약이 되지 않는다

태생으로 인한 인식의 한계란 어쩔 수 없이 존재한다. 십 년 전 쯤 부시의 아프간 침공 보도를 보다가 '저래서 금을 사 둬야 해' 라는 말을 한 적이 있다. 남편의 눈초리가 싸늘해지면서, '내 참! 한심해서' 이러더니 휙 자리를 뜬다. 나로선 남편의 태도가 오히려 의외였다. 유사시에 대비하려는 내 태도의 어떤 점이 잘못 되었는지 안 것은 몇 시간 동안 깊이 반성한 이후였다. 젊은 군인들이 출전해서 싸우고 죽고, 해외로 미리 도망갈 재주 없는 국민들 대다수가 전쟁을 고스란히 겪어야만 하는데, 나 홀로 살 길을 계획하고 피해갈 생각부터 하는 태도 자체가 문제였다. 이것이 바로 나의 태생으로 인한 인식의 한계다.

개인차는 있겠지만 70년대 이후 출생한 나의 세대는 절대 빈곤, 굶주림…이런 것 잘 모른다. 브란덴부르크 장벽이 허물어지고, 고르바초프가 실각 당한 이후 대학에 진학한 세대이기에 최루가스로 늘 상기되던 군부독재의 탄압 등은 피부로 경험해 보지 못했다. 분단의 현실은 이산가족들에게만 제한된, 추상적 현실로 보였다. 철거민, 미군 부대의 만행… 등에 대한 규탄은 늘 있었지만, 그것 역시 '당신들의 세상'이었다. 박목월·김소월·서정주 등 서정 시인으로 도배된 국정 교과서만, 50년대 이전의 그것도 편향된 문학사만 배운 세대이기에, 김수영·신동엽 등의 시인을 알 수 있는 길은 애초에 봉쇄되어 있었다. 우리 세대 앞엔 '나'가 있었고, 연애가 있고, 취직이 있고, 진학이 있고, 또한 뉴스보다 흥미진진한 프로 야구가 있었다.

이후 한국 근대사 공부를 통해 세상사에 관한 인식을 넓혔다고는 해도 난 여전히 태생적 한계를 가진, 한심한 철부지이다. 분단의 현실, 국가 보안법 등은 거대 담론, 저 세상에 속해 있기에, 우리들의 구체적인 삶 사적 영역엔 조금도 영향을 끼치지 못했다. 개념이 없어 행복한 바보이다. 그런 나에게 이전 세대가 겪어야 했던 시대 아픔에 대한 공감을 호소하는 공지영 소설 「별들의 들판」(2004)은 새로운 인식의 지평을 열어 준다.

2. 역사에 대한 인식은 현재를 극복하며 미래를 향한다

유일한 혈육인 아버지가 갑작스럽게 세상을 떠났다. 7년 동안 사귄 유일한 남자, 이십대의 전부였던 남자가 '그 여자' 없이는 살 수 없다며 이별을 통보했다. 삶을 지탱해 줄 직장마저 잃었다. 거친 삶의 폭력 속에 내 휘둘린, 삼중고에 처한 「별들의 들판」에서 우리의 주인공 수연의 나이는 파란만장한 이십대의 끝자락인 29세다. 수연은 아버지의 유품 속에서 아버지가 고이 간직하고 있던, 오래전 베를린에서 죽었다고만 알아 왔던 엄마와 쌍둥이 동생 나연과 자신이 같이 찍은 사진을 발견한다. '사랑하는 딸들, 수연이 나연이 그리고 나, 별들의 들판, 1979.'라고 적힌 엄마의 메모를 본 수연은 '엄마' 그리고 '나연'을 찾아 길을 나선다. 평생 아버지로부터 애잔한 눈빛만 받아왔을 뿐 살가운 말 한 번 듣지 못했고, 성이 다른 남동생과 새어머니가 있는 공간에서 '집'이라고는 느낄 수 없었던 수연이었다. 수연이 찾아 나선 '엄마'와 '나연'은 현실에 부재하는 '사랑'이었고, 텅 빈 자신을 메워 줄 자신의 반쪽이었다.

군부 쿠데타를 일으켜 민주주의의 싹을 짓밟은, 박정희에게 미국의 대통령이었던 케네디는 냉담했다. 박정희는 광부들과 간호사들의 3년 임금을 담보로 서독으로부터 차관을 얻었다. 그들이 번 외화, 임금 90%는 한국으로 강제 송금해야만 했다. 이 차관과 외화는 당시 수출 총액의 20~30%를 차지하고, 이들의 희생에 힘입어 한국 경제는 유래 없는 고속 성장을 이룬다. 간호사들은 비행 19시간 중 돈을 지불해야 할까봐 기내식도 못 먹고 굶은 채 베를린에 도착한다. 병원에서 생전 처음 먹는 치즈 스프에 서러워 단체로 오열한다. 그 가운데서도 긍정적이고 씩씩했던 수연 엄마는 '울어야 할 시간도 세월'도 많다며 꿋꿋하게 버틴다. 숱한 사연 끝에 결혼도 하여 쌍둥이를 낳고 나름대로 행복한 삶을 산다.

그러던 중 수연의 엄마는 동독령으로 둘러싸인 베를린에서 친구를 만나기 위해 독일 내의 다른 도시로 이동한다. 이동 중 기차를 이용했기에, 동독의 통과 비자를 받는다. 아무 것도 아닌 바로 그 동독의 통과 비자가 평범한 한 가족의 삶을 송두리째 파괴시킨다. 한국에 잠깐 들른 수연 엄마는 공항에서 동독의 통과 비자가 문제가 되어 정보부에 끌려가 모진 고문을 당한다. 이후 수연의 엄마는 대한민국에서 추방되고, 가족들과 강제로 헤어진다. 언젠가 정권이 바뀌면 서로 만날 수 있을 것이란 희망을 가지고 쌍둥이 한 명씩을 나눠 키운다. 딸들이 자랄수록 이별한 가족에 대한 그리움도 깊어 간다. 그저 평범한 가족이었던 각 구성원들, 대한 민국의 경제적 발전이란 대과업에 팔려 머나먼 이국에서 향수를 견디며 일한 결과는 무참하게 끝난다. 수연의 베를린 여행은 역경과 한을 초월 한 '별들의 들판'이었던 엄마의 삶의 역정을 알게 되는 과정이다.

> 한마디 말 그가 사랑했던 것은 '좌절'
> 하나의 색 그가 사랑했던 것은 '회색'
> 하나의 형태 그가 사랑했던 것은 '얼굴'
> 하나의 질료 그가 사랑했던 것은 '먼지'
> 하나의 장소 그가 사랑했던 것은 '베를린'
> 그래도 그는 그 사랑을 끝낼 수가 없었네.

수연은 엄마의 묘비에 새겨진, 자코메티의 조각을 보고 썼다는 빌란 트 슈미트의 시를 읽고 또 읽는다. 지독하게 염세적인 시임에도 불구하 고 가장 돋보이는 구절은 '그래도'라는 접속사이다. 엄마의 삶은 '좌절, 회색, 먼지, 베를린'처럼 결코 사랑할 수 없는, 지독한 페시미즘의 삶이 다. 하지만 그 삶을 영원히 사랑했던 엄마의 열정적 삶을 수연은 비명(碑 銘)을 통해 읽어낸다. 그리고 '무서우면서도 사랑해야 했던', 역경 중에서 도 '무구함'을 지켜 나가려 애썼던 엄마의 삶을 긍정하고, '어… 엄마!' 하 고 외쳐 울부짖는다. 그리고 항상 우울했던 자신의 과거, 모든 것을 상실 한 현재와도 화해한다. 나아가 전망 부재의 미래에서 '그래도' 자신의 삶 을 사랑할 것을 다짐한다.

3. 전체주의는 국가의 합법적 테러이다

한나 아렌트는 전체주의를 '지옥의 세 기둥'(반유대주의, 제국주의, 전체주의) 중 하나로 규정한다. 그녀는 전체주의를 과거의 어떤 박해와도 다른 인간의 자유와 다양성에 대한 전면 공격, 나아가 인간 존재 자체에 대한 파괴라고 지적한다. 군부독재하의 대한민국은 헌법이 규정한 바, '민주 공화국'으로 모든 주권은 국민에게' 있는 나라였음에도 불구하고, '전체주의적 분위기'였음은 그 누구도 부인할 수 없다. '잘 살아 보세'라는 성장에 대한 열망이라는 목적이 '국가의 개인에 대한 테러'라는 수단을 옹호한다. 그 하수인들은 '테러'라는 '악'을 '평범'하게 자행함으로써, '악의 평범함'은 사회에 질병처럼 만연해 있었다. 결과적으로 절대 권력이었던 박정희는 유래 없는 유신헌법을 강행한다. 법의 이름으로 억압은 가속화되고, 국민들은 '아무런 죄 없이 죄인'으로 선고받게 된다. 그리고 '죄인'인 국민들은 정신도, 성격도, 생활도 모두 파괴된다.

공지영 「별들의 들판」(2004)은 성장 이데올로기와 반공 이데올로기가 동시 수반된 '전체주의적 분위기'에서 파괴된 개인의 삶과 시대의 아픔을 고스란히 형상화한다. 이역만리의 지옥 같은 갱 속에서 석탄을 캐냈던 광부의 암담함, 제공되는 기내식을 먹어도 되냐고 어느 누구 하나 질문하지 못할 만큼 팽팽했던 간호사들의 긴장은 성장이란 '목적'하에 '수단'화 된다. 작가 공지영이 서술하듯 만약 국민들 3년간의 임금을 담보로 빌린 차관을 갚지 못했다면, 그들의 삶은 과연 어떻게 되었을까를 생각해 보면 할 말을 잃는다. 난데없이 공항에서 정보부로 끌려가 간첩으로 오인 받으며 당했을 고문의 끔찍함 역시 '악의 평범함'을 잘 보여준다. 국가보안법 위반으로 '죄인'이 된 그녀의 삶 역시 '목적을 위한 수단', '악의 평범함'과 함께 전체주의로 인한 억압의 한 양상이다. 공지영 「별들의 들판」은 전체주의적 성격하에 행복을 박탈당한 한 가족의 안타까움과 한이 시퍼렇게 배어 있다.

이후 대한민국은 눈부신 경제적 성장을 이루었건만, 풍요의 혜택은 그들의 몫이 아니다. 경제적 풍요라는 열차에 무임승차한 후세대 한국인들은 독일에 여행 와서 돈을 펑펑 써대며 부를 과시하나, 정작 광부이자 간호사였던 그들은 과거의 상흔을 안고 고통스러운 나날들을 보낸다. 작가의 서슬 퍼런 문장의 칼날은 별다른 소설적 기교를 사용하지 않고, 날 것 그대로의 살아 숨 쉬는 문장으로 그들 희생인 시혜자인 나의 양심을 자극했다. 이 소설을 보고 처음으로 박정희의 군부독재에 절실하게 분노했다. 성장과 반공을 내세워 자행한 갖은 만행들과 그로 인해 피해 입은 자들을 위해 난생 처음 가슴으로 울었다.

이후 실제 현실에서 내가 만난 사람들의 삶은 「별들의 들판」 가족들의 그것보다 훨씬 더 파란만장했다. 고문으로 인한 후유증들은 대다수 현재까지 지속되고 있었고, 군부 독재로 인해 죽은 '아버지들', '어머니들', '오빠들', '형들' 또한 수없이 많았다. 모두들 한스런 과거를 가슴에 품고, '살아남은 자의 슬픔'을 감내하고 있었다. 그럼에도 불구하고 그들은 슈미트의 시처럼 '그래도' 고통 받은 사람들에 대한 '사랑을 끝낼 수 없어서', 좌절을 딛고 일어서 '무구함'을 잃지 않고 있었다. 그들 대다수는 그들의 삶을 열정적으로 사랑하고, 그 사랑을 삶속에서 실천하고 있었다.

4. 문학은 인식의 지평을 넓힌다

결코 적지 않은 시간과 비용을 들여가며 수많은 책을 읽는 이유는 '인식'과 '감동'에 대한 갈망이다. 가슴에 꾹꾹 새겨 둘, 사막 같은 메마른 감성을 적셔 줄, 내 인식의 지평을 넓혀 줄 단 하나의 단어, 문장, 글들을 찾아 우리는 날마다 순례를 떠난다. 공지영 「별들의 들판」의 순례는 내 태생적 한계를 넘어서 문학적 감동을 통해 인식의 폭을 넓혀 준다. 앞서 간 세대들의 희생에 의해 우리는 '잘 사는', 경제적 성장을 이루었다. 우리는 '독일에 도착했을 때 스프 앞에서 흘린' 그들의 눈물을 잊어서는 안 된다. 우리가 지금 누리는 이 풍요는 단순히 나의 노력에 의해서만 이루어진 것이 아닌, 바로 그들 눈물의 결실임을 언제나 기억해야 한다. 전쟁과 분단을, 군부독재를 겪어보지 못한 태생적 한계를 넘어서야 한다. 그러기 위해 자신의 삶에 대한 사랑으로 개인적 좌절과 슬픔들을 견디고 극복해야 한다. 그리고 청년의 '무구함'을 잃지 말고, 자신과 자신이 속한 공동체에 대한 사랑의 의무를 실천해야만 한다.

제5절 타자와 소통할 수 있는 '창'의 모색

하성란, 「곰팡이꽃」

1. 근대인에게 고독은 운명이다

데카르트(René Descartes)에 의해 근대인은 '코기토' 즉 이성적 사유 주체로 규정된다. 이성을 지닌 존재는 중세적 질서 즉 신으로부터 자유로운 존재다. 근대인은 이성의 성과물 즉 다양하고 복잡한, 대규모로 팽창하는 도시에서 익명성을 획득하여 '자유'롭게 살아간다. '자유'의 대가는 '고독'이다. 감정이나 정서적 관계에 의존했던 중세인들의 중세적 공동체 삶에 비해, 도시인들의 근대적 삶은 이성과 규칙에 의존하여 홀로 살아간다. 이성의 메마름, 도시적 익명성으로 현대인들은 자유로운 동시에 타자와의 소통을 상실하여 고독하다. 데카르트의 인간 해방 선언으로 인해 신으로부터 자유로운, 혹은 추방당한 현대인은 이미 신과의 교감을 상실했다. 신과의 대화는 단절되고, 타인과의 소통은 미완이다. 모든 존재/존재자로부터 대화를 차단당한 근대인에게 고독은 운명이자 필연이다.

이성의 출구, 즉 대화와 소통이 봉쇄된 현대인은 머리만 비대해져 낙

제4장 장치로서의 문학 1

원에서 추방당한 병적 존재다. 그 고독하고 병적인 존재를 직시하고 사유할 이성을 지닌 근대적 주체 즉 '코기토'는 절망 속에서 홀로 절규한다. 특히 짐멜(Georg Simmel)의 지적처럼 '지적 성격을 강하게 띤 근대 도시인들'에게 고독은 가중치가 적용된다. 하성란 소설 「곰팡이꽃」은 모든 대화를 차단당한, 병적 존재로서의 현대인의 처절한 고독을 형상화한다.

2. 현대인의 진실은 '곰팡이꽃'을 피운다

90세대가 살아가는 서민아파트 508호에 '그'는 홀로 살아간다. 비슷한 처지끼리 옹기종기 모여 살아가는 공동 주택인 아파트지만, '그'는 수년간 이웃과 어떠한 소통도 없다. 쓰레기 종량제가 처음 실시될 때, 소통의 매개가 없는 '그'는 '종량제 봉투'의 존재도 알지 못한다. '그'는 규칙 위반인 줄도 모르고 평소처럼 일반 봉투에다 쓰레기를 넣어 버린다. 열혈 부녀회원들은 '그'가 일반 봉지에 버린 쓰레기들 속에서 '그'의 신상정보를 발견한다. 그녀들은 '그'의 집에 들이닥쳐 쓰레기를 그의 삶의 공간에 내동댕이침으로써 그의 만행을 응징한다. 이것이 수년간 동일 공간에서 함께 생활한 '그'와 이웃을 직접 대면하게 한 유일한, 그리고 마지막 사건이다.

현실에 실존한 '그'는 누구와도 말을 나누지 않기에 유령 같은 존재였지만, '그'가 버린 '쓰레기'로 인해 '그'는 비로소 508호에 실존하는 존재가 된다. 비록 폭력적 방식이라 할지라도 '그'는 처음으로 이웃과 말과 행동을 주고받는, 즉 소통을 경험하게 된다. 그 짜릿한 소통 경험 이후, '그'는 쓰레기 뒤지기를 통해 이웃과의 소통을 시도한다. 낮에는 이웃의 일상을 면밀히 관찰하고, 밤에는 버려진 쓰레기를 주워 와서 100개나 되는 봉투를 뒤진다. 그로 인해 그는 남자, 사내, 그 여자, 후배, 507호 여자, 수리공, 부녀회 회원 등 비록 익명이지만 90가구에 살아가는 이웃들의 취향과 삶을 알게 된다. '숨은 이웃 찾기의 모범 답안'인 쓰레기는 결코 거짓말을 하지 않는다. 쓰레기는 이웃들의 실존이자 진실이 된다.

508호의 '그'가 특히 주목하는 대상은 '507호 여자'이다. '그'에게 어떤 '남자'가 찾아와서 생크림 케이크와 꽃다발을 '507호 여자'에게 전해 달라고 부탁했기 때문이다. 이후 '그'는 '507호 여자'의 쓰레기만을 집중적으로 뒤지면서, '507호 여자'의 이름, 기호, 성향 등 모든 것을 알게 된다. '남자'는 자신이 사랑하는 '507호 여자'가 바다를 좋아하고, 생크림 케이크를 좋아한다고 생각한다. 그러나 '507호 여자'의 쓰레기를 뒤진 '그'는 '남자'의 생각과 전혀 다른 새로운 사실을 알게 된다. '507호 여자'는 혼자서 지리산을 종주하는 등산 마니아일 뿐 아니라, 다이어트 중이기에 손도 대지 않은 생크림 케이크는 곰팡이꽃을 피운 채 쓰레기통에 버려진다는 것을 알게 된다. '남자'는 '507호 여자'와 연인 사이었으나, 소통의 부재로 아님 거짓된 소통으로 인해 '507호 여자'는 결국 '남자'와 헤어지고, '남자의 후배'와 결혼한다. 그러나 '507호 여자'의 남편인 '후배' 역시 '507호 여자'가 정성껏 준비해 주는 코발트 블루의 와이셔츠를 혐오하며, 아내 험담을 하며 회사 여직원과 열애 중이다. '남자'가 '507호 여자'를 모르듯, '507호 여자'는 남편을 모른다. 이 모든 것을 지켜본 '그'는 마침내 고민에 빠진다. '진실은 과연 어디에 있을까?' 하고. 진실은 바로 쓰레기통에 버려져 썩어 갈 뿐이다. 인간 사이의 진실은 곰팡이꽃을 피우며 가장 추악한 모습으로 사장될 뿐이다.

3. 현대인은 '창이 없는 모나드'다

하성란 소설 「곰팡이꽃」은 다음과 같은 의문점을 가지게 한다. '507호 여자'는 왜 자신의 기호, 취향 그리고 취미에 대해 자신의 연인이었던 '남자'에게 말하지 않음으로써 관계의 파국을 초래했을까? '남자의 후배'는 왜 자신이 그토록 혐오하는 코발트 블루 빛깔의 와이셔츠를 좋아하지 않는다고 아내에게 말하지 못할까? 라이프니츠는 '단자론'을 주장한다. '단자(monad)'는 '창'이 없는, 그래서 내부의 어떤 것도 외부로 유출될 수 없고 또한 외부의 어떤 것도 내부로 들어갈 수 없다. '단자'로서의 현대인은 '창이 없는 모나드(windowless monad)'이다. 나는 타자와 소통할 수 있는 '창'을 소유하지 못했기에, 고독한 존재이다. 그 단자엔 과거·현재·미래의 모든 것, 다시 말해 그 단자의 모든 행위를 묘사하는 서술어가 신의 예정에 의해 '필연적'으로 조화롭게 운명 지어져 있다. 따라서 근대 이후의 인간들은 타자와 소통할 수도 없고, 동시에 소통할 필요도 없는 존재들이라고 말한다. '507호 여자'는, '남자의 후배'는 '단자'로서 자기충족적인, 그래서 '창'이 없는 존재이다. 이웃은 물론 연인 관계도, 부부 관계도 계속 엇나가기만 하지만, '단자'인 그들의 술어는 이미 지정되어 바꿀 수 없다. 그 술어는 바로 소통 부재로 인한 고독함이다.

주어진 근대라는 현실에 관한 인식은 동일하지만, 해석과 대응책에 있어 라이프니츠의 대척점에 위치한 사상가로는 스피노자를 들 수 있다. 데카르트와 라이프니츠가 고독한 '사유'의 주체를 발견했다면, 스피노자는 동일한 공간 암스테르담에서 고독한 '삶'의 주체를 발견한다. 그러나 스피노자는 인간을 자신 삶의 주체로서 자신의 삶을 유쾌하고 즐겁게 증진시키려는 의지, 즉 '코나투스'라는 '현실적 본질'을 가진 주체로 규정하

여 정신과 육체를 통합한다. 인간은 타인과의 우연한 만남으로써 자신의
의지와 충동, 즉 '욕망'으로서의 '코나투스'를 육체로 깨닫고, 이후 의식
으로 판단한다. 한 개인에게 타자는 '코나투스'를 불러일으키는, '큰 변
화'를 받게 하는 역동적 존재이다. 이를 통해 한 개인은 고독하고 폐쇄된
영역에서 벗어나, 기쁨/슬픔 또는 유쾌함/우울함 등의 감정을 가진다.
이 감정들은 '코나투스'를 불러 일으켜, 즉 유쾌함과 쾌감으로 나아가기
위해 각 개인을 타자와 연대하여 부정적 힘과 슬픔에 맞서고 싸우게 한
다. 그리하여 개인은 개인적 존재를 벗어나 사회적 존재로서, 정치적 존
재로서 나아가게 된다. 즉 스피노자는 기쁨의 원리를 주장한다. 타자와
마주친 우리들은 기쁨을 느끼고, 그 기쁨으로 인해 타자와의 관계를 지
속할 수 있고, 또 그래야 함을 지적한다.

4. 언어는 '모나드'의 '창'이다

모든 공간에서의 언어 활동은 그 말을 하는 주체의 의지와 결단이 포
함된 일종의 실천 행위이다. 그 실천 행위는 말하는 이의 개인적 심리,
사회적 신분, 이데올로기 나아가서 원형적 체험 및 트라우마, 더 나아가
당시 정치적 · 사회적 상황 또한 반영한다. 온라인이든 오프라인이든 현
실은 다양한 성과 계층 그리고 이데올로기가 공존하는 이질적 언어 및
대화적 언어로 이루어져 있다. 우리는 그 다양하고 이질적인 언어들을
통해 타자와 소통하고, 기쁨과 슬픔을 느낀다.

'단자'로서의 인간은 소통할 수도, 기쁨을 누릴 수도, 연대를 할 수도
없다. 따라서 '말'이란 것이 존재할 필요도 없다. 온라인이든 오프라인이
든 '말'을 통해 소통을 갈망하는 모든 사람들은 이미 '단자'로서의 인간이

아니다. 우리는 언어를 통해서, 예술 행위를 통해서 타자와의 소통을 갈망하고, ‘코나투스’의 증진을 도모하는, 자신 ‘삶의 주체’들이다. 자신 삶의 각 주체들은 유쾌하고 쾌활한 소통을 위해서, 각자의 ‘창’을 모색해야만 한다. 그것이 비록 버려진 ‘쓰레기’를 뒤지는 기이한 행동이라 할지라도, 우리는 노력해야만 한다. 상호 개인적 처지와 사회적 상황 모든 것을 고려해기 위해 노력해야만 하고, 소통에 참가하는 모두는 기꺼이 타자를 고려하고 수용할 만한 자세를 가지기 위해 노력해야만 한다.

행복은 개인에게만 속한 것이 아니다. 타자의 행복과 유쾌함을 통해 각 개인은 더 큰 행복을 누린다. 결국 혼자라는 독백만 되풀이하며, 술잔과 사유, 예술에 고독함을 달래며 평생을 의지하는 일은 ‘쓰레기’를 뒤지는 행동보다 더 병적이다. 비록 제한된 시간을 살아가는 우리들이지만, 각자 자신의 삶의 주체인 ‘우리’들은 행복할 권리와 행복을 추구해야만 하는 사명이 있다. 타자와 소통을 갈망하자. 기쁨과 슬픔을 공유함으로써, 웃음과 눈물로 소통함으로써 쾌활함과 유쾌한 삶을, 나아가 공동체로서 연대의 삶을 꿈꾸자.

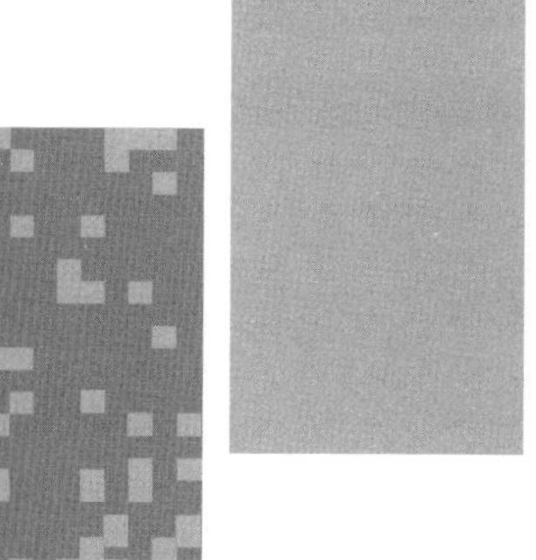

제5장

장치로서의 문학 2
-사회적 모순의 대안으로서의 문학

제1절 돼지의 잠을 깨워라

이문열, 「필론의 돼지」

1. 회의주의자 필론, '돼지'를 권하다

소설 제목인 '필론의 돼지'는 헬레니즘 시대의 철학자 필론의 경험에서 유래한다. 필론이 배를 타고 여행을 할 때, 필론 일행의 배가 바다 한가운데에서 큰 폭풍우를 만나게 된다. 사람들은 크게 동요했고, 배 안은 곧 아수라장으로 변한다. 울부짖는 사람, 기도하는 사람, 뗏목을 엮는 사람 등등…. 지식인이자 철학자인 필론은 거기서 해야 할 일을 생각해 보지만, 도무지 마땅한 것이 떠오르지 않는다. 그 때 필론은 배 선창에 돼지 한 마리가 사람들의 소동에는 아랑곳하지 않고 편안하게 잠자고 있는 것을 발견한다. 그리고 필론은 자신이 할 수 있는 유일한 일, 즉 돼지 흉내를 내면서 잔다. 그 이후 필론은 사람들에게 '마음의 평정'을 위해서는 일화의 돼지처럼 잠이나 잘 것을 가르친다. '필론의 돼지'는 극한 상황 속에서, 자신이 그 어떤 일도 할 수 없을 때, 또한 무슨 일을 꾀한다 할지라도 그 효용가치를 기대할 수 없는 상황일 때, '마음의 평정'을 유지할 수 있는 현명한 방책이라고 필론은 말한다.

2. 잠자는 돼지, 음흉한 꿈을 꾸다

이문열 소설 「필론의 돼지」의 서술자 '그'는 패배주의적 지식인이다. 배운 자임에도 불구하고, '세상은 다 그런 것'이기에 세상의 진보를 위해 자신이 어찌할 도리가 없다는 회의주의적 인식의 소유자이다. '그'는 '무지렁이 농사꾼을 교활한 사기꾼으로 변모시키는 군대의 현실'을 불평하는 훈련소 동기 홍동덕을 혐오하기도 한다. 군용열차를 타고 다른 제대병들과 귀향하던 '그'와 '홍동덕'은 불량스러운 현역 군인인 '각반'의 행패, 즉 제대병들에게 금품을 강탈하는 행동을 목격한다. 머리만 비대한 '그'는 각반의 행패를 보면서도 저항하거나 비판하지 않고 '인간은 불합리한 폭력에 저항할 수 없는 나약한 존재인가' 하는 자문만 되뇌이며 고민할 뿐이다.

각반의 횡포에 대한 제대병들의 대응 태도는 편승, 저항, 집단 저항의 세 갈래로 나뉜다. 첫 번째는 편승이다. 해병대 출신인 한 병사가 각반에게 저항했지만, 자신의 한계를 자각하고 곧바로 강자인 각반과 한패가 되어 약자인 제대병들을 괴롭힌다. 두 번째는 저항이다. 깡마른 병사가 각반들을 향해 '법의 심판'을 외치며 저항하다 각반들에게 흠씬 얻어터짐으로써 나약한 그의 저항은 실패한다. 그의 저항은 비록 무기력하게 실패로 끝났지만, 그의 시도는 검은 각반의 횡포에 무기력하게 당하기만 하던 제대병들을 단결시킨다. 각반의 폭력에 흥분한 제대병들은 단결을 통해 강화된 세력을 형성하여 집단 저항 즉 세 번째 양상을 띤다. 여기서 제대 병사들의 폭력은 '눈먼 증오'와 '격앙된 감정'에 의해 점점 그 강도와 잔인함이 증폭되고 급기야 피까지 흘리게 된다.

이문열의 「필론의 돼지」에서 가장 눈여겨봐야 하는 것은 제목이 지적하는바 '필론의 돼지'의 태도를 보이는 서술자이다. '그'는 편승도, 저항도, 단결에 의한 집단 저항도 모두 부정적으로 기술한다. '그'는 이 모든 폭력과 그에 대한 세 가지 대응에 일체 관여하지 않고 끝까지 관찰하며 비아냥거리는 삶의 방관자이다. 삶의 환경을 송두리째 뒤흔들어 주변 이웃이 죽을지도 모르는 상황 속에서 어떠한 행동도 하지 않으면서도, 입만 살아서 우월하고 오만한 목소리로 자기 합리화를 넘어서 오만한 태도를 취하기도 한다.

이문열 「필론의 돼지」는 1980년대 쓰여진 소설이다. 1980년은 지금으로부터 30년 전이다. 즉 이문열로 봐서는 피 끓는 젊음의 시기였을 때이고, 역사적으로는 끔찍한 학살이 자행된 광주민주항쟁이 있었던 해이다. 그 절체절명의 시대에 젊은 지식인 이문열은 정말 '그'다운 소설, 시대에 대한 알레고리적 기술 「필론의 돼지」를 써낸다.

「필론의 돼지」의 서술자인 '그'에 의해 가장 부정적으로 묘사되는 집단은 폭력을 자행한 '각반'이 아니라, 폭력을 응징한 '제대 병사들'이다. 서술자인 '그'는 '제대 병사들'을 강자에겐 비굴하지만, 때가 왔을 땐 '대의' 없이 잔인한 폭력을 가하는 기회주의적이고 비겁한 자들로 기술한다. 이를 통해 '그'가 주장하고자 하는 것은 누가 '선'이고, '참'인지는 알 수 없다는 것이다. 먼저 폭력을 자행했다고 해서 '강자'들이 반드시 '악'한 존재는 아니라는 것, 따라서 똑같은 폭력을 감행하는 새로운 권력자들의 비판을 수용할 책임은 없다는 것이다. 또한 먼저 타인으로부터 부당한 폭행을 당했다고 해서, 기회가 오면 더 큰 폭력을 서슴지 않고 감행하는 '약자'는 '선'한 존재도 아니기에 '타인' 특히 전임자들을 비판하거나 심판할 권리 역시 없다는 것이 이문열의 주장이다. 작가 이문열의 서술적 입장을 요약하자면 양비론이다.

양비론을 주장하는 자는 어떻게 보면 공정한 듯 보일 수도 있지만, 그 양비론으로 인해 혜택 받는 자들의 이익을 옹호하는 기회주의자들의 다른 판본이다. 자기주장의 파급효과를 누구보다 잘 알고 있다는 점에서 양비론자들은 비겁하다. 또한 상황의 진행과 변화 양상과 무관하게 자신의 안전을 최우선시 한다는 점에서 사악하기 짝이 없는 보신책이다. 이문열「필론의 돼지」서술자는 자신의 안전을 위협하는 폭력 행위에 대한 정당방위를 가해자와 동일한 폭력, 아니 보다 더 악랄한 보복 행위라고 규정한다. 당시 시대적 상황을 고려해볼 때 이는 명백히 광주민주항쟁에 대한 가치 폄하일 뿐 아니라, 군부독재에 대한 옹호적 발언이다.

3. 지식인에게 '잠'의 대가는 평안이 아닌 죽음이다

유태인 필론은 그리스의 철학자이자 군인이었다. 그는 마케도니아의 알렉산더 대왕과 함께 북아프리카에서부터 유럽까지 진군하면서 이른바 '세계'를 정복하는 대사업에 동참한다. 당시 북아프리카의 문화와 유럽의 문화 사이엔 엄청난 상이함이 있었고, 그들은 서로 자신들의 문화와 가치가 옳다고 주장한다. 두 문화권을 종주하던 필론은 그러한 모습들을 목도하면서, 절대적 진리는 존재할 수 없다는 견해를 주장하면서 필론주의라는 학파를 형성한다. 그 무엇도 확실하게 알 수 없는 것이기에 특정한 견해를 지지는 물론 비판도 하지 않음으로써 '안심입명'을 취한다. 이러한 태도는 폭풍우 속에 잠을 잠으로써 자신의 안위를 유지하는 '필론의 돼지'에 잘 반영되어 있다. 물론 거대한 폭풍우가 몰려오는 현실 속에, 기껏해야 돼지 주제에 나선다고 문제가 해결될 것은 물론 아니다. 그러니 돼지는 홀로 잠에 빠져, 마음의 평정을 유지하는 것이 상수일 수도 있다. 그러나 평정을 유지한 대가로 살이 피둥피둥 찐 돼지가 그 누구보다도 먼저 칼을 맞을 것은 뻔한 일임을 돼지는 망각하고 있다.

에드워드 사이드는 『권력과 지성인』에서 지식인이란 '어떠한 장애도 두려워하지 않고 청중에게 명확한 언어로 대변하고 대표해야만 하는 기능과 사명을 지닌 존재'라고 규정한다. 여기서 지식인은 포상과 이해에 의해 자신의 행보를 결정하는 '프로 전문가'가 아니다. 에드워드 사이드는 아마추어로서의 지식인을 높이 평가한다. 아마추어로서의 지식인은 자제할 수 없는 호기심으로 여러 분야의 경계를 넘나들며, 연결함으로써 자유로운 가치와 관념을 추구하는 지적 활동을 펼치는 존재이다. 이러한 아마추어적인 지식인의 언어가 지향하는 바는 권력의 수행이 아닌 국가의 부당한 권력 행위에 대한 비판, 즉 현상 이면에 숨겨진 진실을 말하는 것에 있다.

이문열의 「필론의 돼지」에서 서술자의 지속적인 노력에도 불구하고, 내겐 서술자인 '그', 즉 '필론의 돼지'가 가장 부정적인 인물 유형으로 생각된다. '그'는 소위 '배운 놈', 순화된 언어로 표현해 주긴 심하게 아깝지만, 굳이 적자면 '지식인'이다. 그럼에도 불구하고 그는 불합리한 폭력에 무참히 짓밟히는 자들을 방치했고, 저항하는 사람도 외면한다. 집단적으로 응징하는 자들은 비판하고, 나아가 '필론의 돼지' 흉내를 내는 자신에 대한 환멸감 또한 견뎌내지 못한다. '그'가 생각하는 미래는 폐쇄되어 있고, 전망은 존재하지 않기 때문에 그저 현재의 '질서'와 '권력', 즉 실세가 무엇이든 그저 상황을 방관하기만 한다. 풍랑이 오면 그저 침묵하고 잠이나 자는 '필론의 돼지'이다.

자기반성을 했다고 해서, 자신의 모습에 환멸을 가졌다고 해서 '그'의 침묵과 잠이 용납되거나 긍정될 수는 없는 문제이다. 침묵과 잠의 대가는 일시적으로는 평정으로서의 삶이겠지만, 결국엔 죽음 혹은 죽음보다 더한 굴욕인 '시대의 죄인'이라는 역사적 평가를 받을 수밖에 없다. 한 사람의 지식인이 소유한 지식은 자신만의 능력에 의해 형성된 것이 아니다. 한 사람의 지식인은 사회라는 유기체 속에서 수많은 구조와 다양한 역할들의 상호작용에 의해 형성된 존재이기에 지식인은 자신이 속한 사회와 다수를 위해 부채감을 가져야만 하는 존재이다. 지식인들은 잠에서 스스로 깨어나야 한다. 보다 깊은 사고와 시대에 대한 통찰 그리고 자기 존재에 대한 사명을 가지고 격동의 풍랑 속에서 자신이 해야만 하는 일을 수행해야만 한다. 그것만이 시대와 사회를 향한 지식인의 유일한 존재 이유이자 존재 조건이다.

제2절 '환상의 폭력성'과 '환상의 윤리학' 사이

윤흥길, 「아홉 켤레 구두로 남은 사내」

1. 환상 속엔 '그대'들만 있다

진실은 밝혀지게 되어 있고, 진심은 결국 통하게 되어있다는 것은 애시 당초 인간 세계에 통할 명제가 아니다. 진실은 변형되어 왜곡되고, 진심은 뒤틀려 상처로 남게 될 뿐이다. 진실과 무관한 실체 없는 소문만이 부유할 뿐이다. 성찰과 사유가 부족한, 참을 수 없이 가볍게 살아가는 존재들은 비참한 자신의 진실을 직시할 용기가 없다. 그들은 비겁하게 진실을 왜곡하여 자신만의 문맥인 환상 속으로 도피한다. 나아가 거짓과 자기 합리화를 통해서 조작된 진실을 가지고, 자신의 환상에 동조하는 집단을 형성함으로써 심리적 안정감을 꾀한다. 그 과정에서 기존 사실의 재조합과 재배치에 적절한 과장과 허위를 첨가하여 진실과 전혀 무관한 담론을 형성한다. 그와 그에 동조하는 자는 나아가 자신들이 조작한 환상을 진실로 착각하며, 자신들이 무슨 일을 저질렀는지 그리고 그 행위의 결과를 결코 돌아보지 않는다. 자신에 대한 이기심만 존재할 뿐, 남과 집단에 대한 배려와 애정이 존재하지 않기 때문이다. 오히려 '정의'를 '수호'했다는 그의 '환상'엔 자부심까지 덧칠해 있기에 그 무엇으로도 난공불락이다. 그와 그들은 자신들이 '참'임을, '고상(高尙)'하고 '우아(優雅)'한 존재임을 지속적으로 홍보하며, 자기최면을 건다. 허약한 내면을 숨기기 위한 처절하고 가련한 사투이다.

2. 자신의 문맥만 내세우는 환상은 폭력적이다

윤흥길 「아홉 켤레 구두로 남은 사내」의 초점 화자(서술대상) '권씨'는 '이래 봬도 대학 나온' 지식인이다. 철거와 개발이라는 격동적 사회 정책에 휩싸여 전과자로 몰락하고, 도시하층민으로 변두리의 삶을 살아가는 일용직 노동자이다. 소설 속 사적 화자(서술자)인 '오선생'은 소위 이웃의 존경을 받는 지식인이자 중산층이다. 스스로도 권씨를 '아끼는 이웃'임을 자부하는, 자칭 정의의 화신이다. 반면 오선생에게 권씨는 전세금 보증금 20만 원 가운데 10만 원은 내지도 않는 가난뱅이다. 또한 아내가 임신한 사실을 속임으로써 아이가 둘 이상이면 절대로 세를 주지 않겠다는 자신들의 방침을 교묘하게 비켜간 교활한 세입자다. 더욱 경악스러운 사실은 '권씨'가 전과자라는 사실이었다. 그러나 오선생은 세상이 버린 '권씨'를 '권씨를 아끼는 이웃'임을 자처하며, '권씨'의 비행을 관대하게도 묵인한다. 여기서 간과해서는 안되는 것은 '오선생'은 자신들도 한때 전세방을 전전하던 신세임을 잊고, '집주인 노릇'을 톡톡히 하고 있다는 사실이다. 그럼에도 불구하고 '오선생'은 자신의 문맥에서는 완벽하게 '권씨를 아끼는 이웃'으로 자기 자신을 인식하고 있다. 이 부분이 바로 '오선생'이 자기 자신에게 가지는 환상이다. 이후 '오선생'의 환상은 점점 확대된다.

'오선생'은 '권씨'에게 고상하게 자비를 베푸는 척하면서, '권씨'의 상처와 삶을 날카롭게 해부하며 난도질함으로써 환상의 폭력성을 자행한다.

오선생은 자신이 선량하고 이해심이 넓을 뿐 아니라 친절하기까지 한 중산층 지식인이라는 오만과 환상 속에서 살아간다. 그 환상으로 인해 자신만의 문맥 속에서 자기의 모든 말과 행동을 합리화하고 변호한다. 오선생은 자신이 권씨를 지탱해주는 유일한 것인 구두 즉 자존심을 짓밟았다는 것, 권씨를 살인까지 저지를 수 있는 범법자 취급을 했다는 것, 나아가 고작 10만 원 때문에 두 생명을 위험에 빠뜨렸다는 자신의 과오를 결코 인정하지 않는다. 그는 이 세 가지 사건을 권씨의 입장을 무시한 자신만의 문맥만으로 기술한다. 열심히 구두를 닦고 있는 권씨를 향해 그 구두를 팔 거냐고 물은 것은 권씨가 구두를 신는다는 것은 꿈조차도 못 꿀 노동자 계급이어서가 아니라 단지 구두가 많아서 물었을 뿐이라고 궁색한 변명을 늘어놓는다. 공사판에서 막일을 하는 권씨가 높은 곳에서 자신을 향해 실수로 떨어뜨린 벽돌을 처음엔 '살인할 의도'로 여겼음에도 불구하고, 오선생은 곧 풀린 자신의 오해를 애시당초 가지지도 않은 것처럼 의뭉스럽게 뭉갠다. 두 목숨(태아와 산모)이 걸려 있는 수술 보증금을 빌리러 온 권씨에게 돈을 빌려 주지 않은 것은 돌려받지 못할 것이라는 불안 때문이었지만, 자신의 어려운 형편과 10만 원이란 엄청난 금액 때문이었다고 둘러댄다.

미심쩍은 오선생의 변명에 뒷받침할 논거의 핵심은 자신은 '권씨를 더할 나위 없이 아끼는 선한 지식인'이라는 '도덕적·지적 우월 의식'과 '자기 환상'이다. 단지 가출한 권씨가 돌아오지 않자 자신의 방법이 틀렸을 뿐이라고 생각한다. 그 근본 원인인 자기 위선과 환상에 대한 어떠한 인식과 반성은 부재한다. 윤흥길 소설 「아홉 켤레 구두로 남은 사내」는 오선생의 자기변명과 자기합리화로 일관하고 있기에 소설을 읽다 보면 가슴이 답답해 온다. 지독하게도 자기반성을 모르는, 아니 자신이 무슨 일을 저질렀는지 상황 판단이 전혀 되지 않는 이 오선생이란 인간에게 '지성인'이란 무엇인지, '이웃'이란 무엇인지, 아니 오선생이란 자신의 실체가 무엇인지 조목조목 일러주고 싶다는 욕망을 금할 수가 없다. 오선생의 환상과 위선의 결과로 권씨는 음독 자살을 감행한다. 한 사람을 죽음에까지 내몰았지만, 정작 그 장본인인 오선생은 서사의 마지막 순간까지도 자신의 환상과 허위로 무장되어 여전히 자신은 '선량한 중산층 지식인'이라고 주장한다. 이쯤되면 오선생이 지닌 '환상'은 '윤리'가 아닌 '폭력'이라고 할 수 있다.

3. 환상들은 공존해야 '윤리'가 된다

슬라보예 지젝은 '환상의 윤리학'을 주장한다. 간단히 말하면 타인의 환상 공간, 즉 각각의 개인들이 자아와 세계를 바라보는 특이한 인식이나 방식이 있는데, 그것을 침해하거나 공격하지 말자는 것이다. 조금 거칠게 말하자면 '지 잘난 맛에 사는' 모든 타인들에게 굳이 현실을 깨우쳐 주지 말고, 그들의 그 오만까지 그대로 인정하자는 것이다. 인간은 타자가 우리와 동일하거나, 세상의 보편적 특성을 공유해서 타자를 인간 존재로 인정하는 것이 아니다. 나/우리와 동일한 타인은 이 세상에 결코 존재하지 않는다. 우리와 다른 환상과 세계를 가지고 있기 때문에 타인이다. 우리는 그들의 환상과 세계를 존중해야 한다. 그러나 이것은 '환상의 윤리학'의 부분이지 핵은 아니다. '환상의 윤리학'을 통해 지젝이 추구하고자 하는 세계는 바로 '모든 환상이 평화롭게 공존할 수 있는 세계'이다. 여기서

방점을 찍어야 하는 것은 바로 '평화롭게 공존'이다. 즉 각자 제 잘난 맛에 사는 것이 세상이고, 인간은 자신만의 환상을 소유할 자유를 가진다. 하지만 여기서 반드시 지켜야 할 기본적 룰이 바로 '타인의 환상과의 평화로운 공존'이다. 그렇게 되기 위해서 지젝이 주장하는 방법은 '하나의 진술에서 말소된 목소리'의 발성에 귀를 기울이고, 그 목소리를 회복하여야 한다는 것이다.

대립과 마찰에 의한 하나의 사건에는 두 가지 목소리, 즉 두 가지 환상이 공존한다. 두 가지 목소리가 동일한 정보의 양과 질로 제공되어 진다면, 독자/청자는 공정한 판단을 내릴 수 있겠지만 현실은 그리 공평하지 않다. 내면이 부실하고 허약할수록, 위선과 허상으로 인해 포장된 환상이 두터울수록 그의 환상은 화려하고 강력하다. 그는 수많은 말로 자신을 위장하고, 타인을 공격한다. 타인의 말과 행동을 자신의 문맥만으로 재진술하면서, 독자의 동조를 구걸한다. 그의 환상은 타인에 대한, 공동체에 대한 배려가 존재하지 않기에 폭력적이다. 그가 지닌 환상의 귀착점은 타인과의 공존이 아닌, 공동체의 파괴이다. 타자의 환상과 공존할 가능성을 원천 봉쇄하는 폐쇄된 환상, 타인을 죽음으로까지 이끄는 기만적 환상, 우리가 살아가는 공동체를 파괴하는 폭력적 환상은 제거되어야 한다. 이 환상을 파괴하는 것에 가장 중요한 역할을 하는 것은 바로 환상을 검증할 독자의 균형 감각이다. 독자/청자는 먼저 들은 정보가 반드시 진실은 아니고, 드러난 정보가 전부가 아니라는 점을 인식해야만 한다. 하나의 진술에서, 숨겨진 타인의 의도 및 진술에 귀를 기울여야만 한다. 그럴 때 '모든 환상이 평화롭게 공존할 수 있는 세계'의 가능성에 대한 기대를 가질 수 있다. 그러한 기대마저 없다면 우리는 자멸을 넘어서 공멸에 이를 수밖에 없다.

4. '환상의 윤리학'은 타자의 언어를 품는다

오선생의 환상은 권씨를 죽음에까지 이르게 한 폭력적 환상이다. 그는 끊임없는 자기변명을 통해 자기를 변호하고, 독자의 동조를 구한다. 독자는 균형 감각을 가져야만 한다. 진정한 환상의 윤리학을 위해 오선생의 진술 이면에 숨겨진 권씨의 목소리를 발굴해 내고, 권씨의 목소리 또한 공정하게 검증하여야만 한다. 그리고 잘못된 것은 잘못이라고, 폭력은 폭력이라고 진실을 인정할 때 진정한 공동체도, 타인과의 공존도 가능하다. 진정한 공동체라면 진실은 밝혀져야 하고, 진심은 통해야만 한다. 균형 감각을 통해 이루어지는 공정한 판단으로 허위와 위선, 교만과 환상이 작동하는 현실을 제어함으로써 진정한 '환상의 윤리학'이 이루어지는 공동체이길, 사회이길 진심으로 갈망한다.

제3절 이성과 감성의 힘겨루기

고은주, 「칵테일 슈가」와 안드레이 줄랍스키, 〈샤만카〉

1. '근대의 이성'과 '탈근대의 감성'의 변주

근대 철학의 아버지 데카르트는 인간을 자기반성을 할 수 있는 이성적 존재라 규정한다. 데카르트는 암스테르담을 여행하면서 평소 자신이 참이라고 생각한 사실이 프랑스 안에서만 통용되던 사실이라는 것을 깨닫는다. 즉 우리가 옳다고 여긴 것은 관습과 선례에 불과한 것으로 다수가 동의할 뿐이란 사실을 자각한다. 그리고 데카르트는 거짓된 것에서 참된 것을 구별하고 판단하는 능력을 '이성'으로 규정하고, 이것에 '코기토'라는 개념을 부여함으로써 정당화한다. 반면 파스칼은 인간을 '순수이성'을 지닌 존재로 긍정하고 인간의 미래를 낙관한 데카르트의 순진함을 조롱한다. 데카르트는 인간의 이성이라는 이상에 주목했지만, 파스칼은 인간의 허영이라는 현실에 주목한다. 인간은 허영을 지닌 존재이며, 자신의 허영을 예찬해 줄 심정 즉 감성을 지닌 존재라고 규정한다. 파스칼은 허영(虛榮)에 가득 찬 인간을 '비어있지만, 화려하게 핀 꽃'

으로 규정하면서 인간에 대한 환멸을 감추지 않는다. 데카르트에게 인간은 이성을 지닌 존재이기에 긍정적이지만, 파스칼에게 인간은 이성이 없는 존재이기에 부정적이다. 데카르트와 파스칼은 전혀 다른 이야기를 하는 것 같지만, 이들이 주장하는 바는 동일하다. 그것은 감성에 대한 이성의 우위이다. 이성은 근대 이후 인간을 규정하는 인간 조건의 전부였다. 이러한 이성의 입지는 헤겔에 와서 절대적 지위를 획득한다. 인간은 이성을 통해 지식을 축적하고, 역사는 진보한다는 확신을 가지게 된다. 헤겔과 근대인에게 '이성'은 인류를 해방시킬 '절대자' 즉 유토피아를 가져다 줄 '신적' 존재이다.

이성의 절대적 입지는 20세기에 이르러 아우슈비츠의 광기, 68혁명, 경제 불황 등으로 인해 그 뿌리부터 흔들리게 된다. 합리적이거나 진보적 이성은 존재하지 않고, 이성의 산물인 공산주의나 자본주의는 인간에게 유토피아는커녕 억압과 빈곤만을 반복할 뿐이라는 사실이 증명된다. 리오타르에 의하면 지난 반세기에 걸쳐 일어난 지식의 변형으로 말미암아 이성은 의혹의 대상이 되고, 포스트모던 사회의 개념들은 현대인으로 하여금 기존의 모든 서사와 규약들에 대한 신뢰를 철회한다. 이성을 제거한 빈 공간에 현대인은 파스칼에 의해 폄하된 욕망과 감성을 채운다. 이성이란 고삐에서 풀려난 욕망은 끝없이 질주한다. 안드레이 줄랍스키 영화 〈샤만카〉와 고은주 소설 「칵테일 슈가」는 각각 이성을 제거한 감성에 대한 두 가지 견해를 형상화한다.

2. '생각'하지 않는 곳에서의 존재하는 현대인의 '명(明)'과 '암(暗)'

안드레이 줄랍스키 감독의 영화 〈샤만카〉는 이성의 무질서함 및 패배를 보여줌으로써 감성과 이성의 이분법의 위계질서를 뒤흔든다. 이성의 화신인 미셸(인류학 교수)은 주술과 광기, 감성과 본능의 화신인 여제자 '샤만카'를 보는 순간 그녀에게 함몰된다. 지식인으로서의 절제와 균형, 이성과 통제는 모두 사라지고, 그녀를 향한 욕망은 시간과 장소, 타인의 시선조차 망각한다. 미셸은 언제 어디서나 누군가가 그들을 지켜보든 말든 그녀를 탐하고, 오직 그녀를 통해서만 자신 존재를 느낀다. 이성인 미셸을 통제하려 하는 것은 오히려 '샤만카' 즉 감각과 광기다. 광기는 이성이 생각하듯 무질서하지 않다. '샤만카'는 자신을 향하여 돌진해오는 '이성'을 거부하기도 하고 자제시키기도 한다. 특히 영화 마지막에서 '샤만카'는 미셸의 골을 파먹음으로써 이성을 완전히 무릎 꿇린다.

촬영 이후 정신과 치료까지 받아야 했던 여배우 이오나 패트리는 '접신'이 아니면 해석 불가능한, 광기에 가까운 연기로 '여사제'의 역할을 완벽하게 재현한다. 안드레이 줄랍스키 감독은 충격적 영상과 배우들의 광란의 명연기를 통해, 인간 존재의 확실성이 오로지 '생각(이성)'에 자리 잡은 근대 철학을 전복시킨다. 라캉의 지적처럼 인간은 '생각하지 않는 곳에서 존재'한다는 명제를, 생각하지 않아야만 존재할 수 있음을 영화를 통해 훌륭하게 형상화시킨다.

고은주의 소설 「칵테일 슈가」에는 다양한 직업을 가지고 삶을 살아가는 익명의 남녀가 열 명 등장한다. 이들은 모두 기혼자이거나 곧 결혼식을 앞두고 있는, 이른바 '품절 남녀'이다. 이들은 서로 실타래처럼 복잡하게 얽히고설킨 관계망을 아슬아슬 유지하면서 이른바 '불륜'을 감행한다. 이들에게 '불륜'은 일탈이 아닌, 일상이다. 이들 불륜의 삶을 연결하고 견인하는 것이 바로 '칵테일 슈가'이다.

'칵테일 슈가'는 술과 커피에 녹아들어 우리의 감각과 본능을 충족시켜주는 기호이다. '감각'과 '쾌락'만이 지배하는 현실 속에서 간혹 그들은 '생각'(이성)을 통해 균형 잡기를 시도할 때도 있다. 즉 서로 자신들의 관계의 의미, 자신들의 삶과 행복에 대한 질문을 던지기도 한다. 그러나 이러한 이성적이고 반성적 사고는 '칵테일 슈가'에 의해 그 즉시 차단된다. 회피하고 싶은 현실과 자신의 모습이 목도되는 순간 느낌표 모양의 '칵테일 슈가'는 열 명의 불륜 남녀들의 똑같은 대사에 의해 상대 파트너에게 넘겨진다.

"느낌표의 달콤함만 즐겨봐. 심각한 물음표는 만들지 말고."

심각한 물음표는 이성과 성찰의 세계이고, 느낌표는 감각과 쾌락의 세계이다. 어차피 상호 편의와 수학적 계산에 의해 만난 부부들이니 서로에게 성실할 의무는 상호 기대하지 않는다. 배우자들의 불륜에 대한 어렴풋한 감지를 넘어 확증까지 손에 쥐지만, 자신의 삶 또한 불륜이 일상이기에 전혀 문제 삼지 않는다. 자신 역시 다른 파트너를 찾아 순간과 감각에 충실한다. 이들은 이렇게 사는 것이 행복인가도, 정답인가도 묻지 않고 그저 느낌표의 감각을 즐긴다.

이러한 순환 고리를 이탈하려는 반란은 시도되기도 한다. 돌고 도는 '칵테일 슈가'를 통해 '한 여자'가 자기 남편의 불륜의 대상이 바로 자신의 친구라고 오해한다. 즉 '생각'을 하게 된다. '친구'는 해명을 하려 한다. 역시 '생각'을 하려 한다. 그러자 '칵테일 슈가'는 '여자'의 손을 빌려

‘친구’의 눈을 찔러 버림으로써, 해명을 원천 봉쇄한다. 그리고 ‘칵테일 슈가’는 ‘이성의 세계’로 회귀하려는 이들의 손에서 벗어나 ‘어디론가 굴러 굴러’ 간다.

얼핏보면 두 텍스트는 동일한 이야기를 하고 있는 것 같다. 두 텍스트 모두 ‘이성’을 해체하고 모해하여, 감각과 광기의 세계를 긍정하는 것 같다. 그러나 문제는 그리 간단하지 않다. 작가의 의도의 측면을 고려해 본다면, 이들 두 텍스트의 주제는 이성과 감성의 양극단에 위치한다. 안드레이 줄랍스키의 〈샤만카〉는 ‘이성’의 파괴를 긍정하고 광기의 세계로 우리를 인도한다. 그러나 고은주의 「칵테일 슈가」는 이성을 차단하는 ‘감각의 제국’인 현대 사회를 부정적으로 형상화한다. 줄랍스키 〈샤만카〉는 이성이 상실된 지점에서 진정한 ‘자기’가 인식되고, 이성을 먹어버린 광란의 순간 신적 구원이라는 새로운 세계가 도래함을 암시한다. 그러나 고은주 「칵테일 슈가」는 감각만이 지배하는 현대 사회에서 거짓과 위선으로 살아가는 현대인은 결국 소외와 불안감, 그리고 균열과 파괴로 귀결됨을 보여준다. 그렇다고 고은주 「칵테일 슈가」는 감각을 버리고 이성으로 회귀할 것을 주장하지도 않는다. 단지 라캉의 ‘생각하지 않는 곳에서 존재’하는 현대인의 딜레마를 지적하는 것에서 끝날 뿐이다.

3. ‘생각’하는 ‘너’와 ‘나’의 공존을 위한 예술

‘이성’을 절대화한 근대는 그 메마름과 황폐함으로 ‘감각의 제국’에 의해 정복당한다. 그러나 고은주 「칵테일 슈가」처럼 그 지향점과 브레이크가 애시당초 존재하지 않는 감각 또한 인간의 진정한 유토피아는 될 수 없었다. 근대를 ‘미완의 기획’으로 규정하는 하버마스에 따르면 예술은 인간 해방 기획의 일환으로 '사유'되어야 함을 주장한다. 각 예술들은 구성원들의 사회적 요구와 열망을 재현하고 공동체 감각을 형성하여 정의를 구현해야 할 사명을 지녀야 한다고 역설한다. 이것이 하버마스가 생각하는 예술의 책무이다. 하버마스는 이러한 예술 작품들을 통해 정의와 공동체 이념이 합의될 수 있는 합리적 의사소통이 일어날 수 있는 가능성을 기대한다. 이러한 하버마스의 예술관은 리오타르에 의해 '초월론적 환영', '총체성의 단일한 거대서사'로 비판받기도 한다. 그러나 〈샤만카〉와 「칵테일 슈가」가 경고하듯 '이성'을 대체한 '감성'은 결국 인류에게 세기말적 귀결을 가져다 줄 가능성이 농후하다. 따라서 당면한 현실에 대한 유일한 대안은 하버마스의 주장처럼 '이성의 이성'을 회복하는 것, 그리하여 '미완의 기획'을 완성하는 것이다.

하버마스가 역설하는 '이성의 이성'은 데카르트가 주장하는 자족적이기에 배타적인 속성을 지니는 '이성'과는 엄연히 구별된다. 타자를 배려하고 지향하는 '이성', 다양한 사회 구성원들의 요구를 수렴 통합할 '이성', 나아가 공동체의 이념을 실현할 '이성', '이성'이 마땅히 지녀야 할 이상적인 '이성'이다. 하버마스가 지향하는 예술의 책무를 다하기 위한 '이성'은 '인문학'이 지향하는 바와 동일하다. '인문학'은 인간다움을 숙고하는 학문, 즉 인간의 조건과 정신에 대한 학문이다. '인문학'이 추구하는 인간 조건과 정신은 '자유와 타자에 관계하려는 정신'으로 요약된다. 이를 위해 우리는 타인을 파괴하고, 자신을 황폐하게 만드는, 감당 못할 감성의 질주를 멈추어야 한다. 현대 예술은 근대 '이성'을 성찰하고 비판하고 재구축하는 '이성'을 회복함으로써 보다 다양한 타자들을 품어야만 한다. 나와 너의 이성을 통해 생각하여 합의에 도달하고, 생각을 통해 소통함으로써 나와 너는 공존해야 한다.

‘너’도 생각한다. 그러므로 ‘너’는 존재한다.

‘나’와 ‘너’는 생각하는 곳에서 공존하고, ‘너’와 ‘나’는 공존하는 곳에서 생각한다.

제4절 학문과 예술의 궁극을 향하여

이황, 「도산십이곡」

1. 꼼꼼하고 도덕적이신 이황과 「도산십이곡」

조선 중종에서 선조 때 주자학을 집대성한 대유학자 퇴계(退溪) 이황(李滉)은 만년에 고향인 안동에 도산 서원을 세우고 후학 양성에 전념한다. 서원은 요즘 따지면 국교(國敎, 유교)와 국가의 후원에 의해 설립된 사학 재단이다. 도산서원은 그 중에서도 초명문 사립 대학교쯤으로 보면 될 듯하다. 연시조 「도산십이곡」은 도산 서원의 일종의 '교가'이다.

이황은 교가를 선정하기에 앞서 기존 노래들을 꼼꼼하게 점검하여 날카롭게 비판한다. 기존의 노래들 「한림별곡」이나 이별의 「육가」 등이 지나치게 호탕하고 점잖지 못한 장난기가 있음을 애석해 하면서, 선비로서의 노래 즉 고급 예술은 진중함과 감정의 절제가 필요함을 지적한다. 나아가 이별의 「육가」의 형식을 빌려와 손수 교가를 작사, 작곡하시는 꼼꼼하고 세심한 면모를 보이신다. 학문을 연마하고자 하는 자의 기본적인 전제로서의 뜻(「言志」)과 학문하는 태도와 즐거움(「言學」)을 각각 6곡씩 총

12편의 노래를 통해 표명한다.

　이황은 여기서 멈추지 않는다. 교장선생님 겸 재단 이사장이신 이황 선생님은 이 교가를 조석(朝夕)으로 학생들에게 익혀 부르게 하고, 쉬는 시간에도 부르게 한다. 상상력을 발휘해서 대학생들에게 교가를 조례시간에 한 번, 종례 시간에 한 번…. 이것만 해도 눈부시게 뼈저린 현실인데, 쉬는 시간 즉 오락시간 내지 뒤풀이 때조차 교가를 부른다…. 시조창을 부르는 것은 오늘날 노래와는 차원이 다르다. 1절을 부르는데, 족히 10분 정도의 시간이 걸린다. 아무리 교가가 불후의 명작이라 해도, 이황의 학문적 인격적 권위가 타의추종을 불허한다 해도 이건 좀 과한 주입식 교육 방식이란 생각은 든다. 그러나 이러한 불만은 그의 주옥같은 가사를 곱씹어 보면, 그야말로 눈 녹듯 사라진다. 「도산십이곡」은 학문하는 자들이 꼭 갖추어야 하는 기본적 정신과 마음, 그리고 학문에 임하는 태도를 집약적으로 기술한, 구절구절 주옥같은 명문들이다.

2. 순수한 풍습은 존재하고, 인간의 성품은 어질다

　여기서 소개하고자 하는 것은 「도산십이곡」 전부가 아니라 前6曲 「언지(言志)」 중 第3曲이다. 「언지(言志)」는 학문하는 자의 기본 소양을 말하는 것으로 주로 자연애, 안빈낙도, 연군지정 등을 제시한다. 여기서 말하는 '자연'은 단순히 속세와 대비되는 공간으로서의 자연을 넘어서 보편과 이법이 지배하는 '대우주'로서의 완결체인 '자연'을 뜻한다. '군(君)에 대한 충(忠)' 역시 오늘날 단순히 권력자에 대한 맹목적 복종의 개념이라기보다는, 학문의 궁극적인 목적으로서의 '사회에 대한 사명'으로 봐야 한다. '안빈낙도'의 '가난함' 역시 단순히 '가진 것이 없음'이 아니라, '부와 권력에 대한 집착이 없어' 성서에서 말하는 '마음이 가난한 자'의 개념으로 봐야 한다. 코스모스의 완전체이자 유토피아인 '자연'에 대한 갈망, 그리고 그 당시로서는 '신'의 존재에 해당하는 '임금'에 대한 충성, 그리고 '무욕'은 학문하는 자로서 가져야 할 기본적 소양이라기보다는 궁극적 소양이다. 여기에다 이황은 다른 하나, 세상 및 인간을 추가한다.

> 순수한 풍습이 없어졌다 하니, 참으로 거짓이로다.
> 인간의 성품은 본디 어질다고 하니, 참으로 옳은 말이로다.
> 천하에 많은 영재들에게 (이것을 거짓으로) 속여 말할 수 있을까?

지금이나 이때나 세상은 언제나 기성세대에 의해 '말세'로 규정되었음이 틀림없다. 기성세대들이 '말세'라고 규정하는 이면엔 언제나 세상에 대한 혐오감이 내재되어 있다. 혐오는 환멸을 부르고, 환멸의 귀결은 무력감이다. 이들에 의하면 세상은 괴물 같은 존재이기에, 개인이 어떠한 노력을 해도 좀처럼 개선될 수 없다. 누군가가 나서서 사회와 공동체의 꿈과 희망을 말하면, 그 모든 것을 다 젊은 날의 치기일 뿐이라 일축한다. '낙숫물로 바위를 뚫는다'는 말보다는 '계란으로 바위 치기'에 더 공감하면서 결코 자신이 낙숫물이 되지 않는다. 이들에게는 미래도 꿈도 존재하지 않는다. 단지 현재의 이익, 그것도 코앞의 이익만이 존재하기에 그들의 삶은 탄력을 상실한다. 이것이 바로 세상과 인간에 대해 신뢰를 상실한 자들의 모습이다. 이황은 이러한 행태와 주장들을 단호히 '거짓'으로 규정한다. '본디 어진 인간의 성품'에 대한 신뢰, 어진 인간들이 살아가는 세상과 그 미래에 대한 신뢰를 가져야 한다고 주장한다. 세상과 인간의 선함에 대한 신뢰가 있기에, 자신과 제자들의 학문 또한 미래가 있음을 그는 분명 인식하고 있기 때문이다.

3. 세상에 대한 신뢰 회복은 학문의 미래다

문제 없는 사회나 혼란 없는 시대는 존재하지 않는다. 생존과 생활의 어려움 속에서 인간은 생존 본능으로 이전투구하면서 살아간다. 그러다 보면 세상을 부정하고, 인간에 환멸을 느끼게 되는 경우가 많다. 때로 인간은 부정적 측면으로 존재할 수 있다. 성장 과정 혹은 사회생활 중에서 굴절을 겪게 되거나, 가진 바가 적어 욕망의 결핍을 겪게 되면 인간은 종종 극단으로 치닫게 된다. 도무지 용납할 수 없는 태도나 범죄로 우리를 경악하게 하기도 한다.

그러나 유학의 근본이 '성선설'이듯, 이황은 '인간 본성에 대한 신뢰'가 학문의 근본임을 지적한다. 살아갈수록 가장 중요하다고 생각되는 것, 가장 본질적이고 근원적이라고 깨닫는 것은 바로 '인간'이다. 인간의 추악한 모습 이면에 파묻혀진 본성이 선할 것이라는 확신이 없다면 우리는 어떠한 꿈도 꿀 수 없다. 당면한 과제를 풀어야 할 의욕과 근거를 통째로 상실하게 된다. 우리가 하는 학문도 예술도, 또한 그 지향점인 삶과 사회의 궁극적 모습에 대한 이데아를 소유할 수 없게 된다. 그렇게 되면 모든 것은 문자 그대로 '끝장'이다.

폭풍우도, 어둠도, 악몽도, 절망도 모두 다 한순간일 뿐이다. 그 강력함과 강렬함에 눈이 멀어 그 너머의 푸른 하늘, 빛, 환상과 희망을 바라보지 못하는 것은 자신을, 그리고 자신의 생을 투기(投棄)하고 방치하는 것이다. 순수한 풍습은 존재하고, 인간의 성품은 어질다는 명제를 우리는 긍정해야 한다. 우리는 이미 존재하는 자신 내면의 아름다움을 회복함으로

써, 나와 우리의 유토피아를 꿈꾸어야 한다. 우리는 우리의 학문으로, 우
리의 예술로, 우리의 삶으로, 우리의 웃음으로 그 순수함을, 인자함을 재
생해야만 한다.

제5절 나의 꿈과 너의 꿈, 그리고 우리의 꿈

KBS 드라마 〈성균관 스캔들〉

1. 〈성균관 스캔들〉, 스캔들의 실체

KBS 드라마 〈성균관 스캔들〉(김원석 연출, 김태희 극본)의 스캔들은 위대했다. 타 방송사의 대작 〈동이〉와 〈자이언트〉에 눌러서 시청률은 비록 10%대였으나, 인터넷상의 열기는 이미 40%를 넘어섰다는 평가를 받았던 드라마이다. 2010년 스마트 시대의 도래 이후 드라마 영향력을 단순히 본방송 시청률만으로 평가해서는 안 된다는 전범을 보여준 그 첫 번째 드라마이기도 하다. 〈성균관 스캔들〉의 스캔들 주역은 물론 '안구'를 '정화'시켜주는 잘생긴 배우들이다. 이른바 '잘금 4인방'이라 불리는 주연들—슈퍼맨 이선준, 반항아 걸오, 개성파 구용하 그리고 간 큰 김윤희—은 모두 잘생긴 배우이긴 하지만, 이들의 매력에만 현혹되어 허구 속의 인물의 성격을 파악하는 데 게을리 해서는 안 된다. 즉 허구적 인물이 극을 통해서 현실에 생동하는 인물로 재탄생된다는 점, 이 인물들은 명품 드라마 〈성균관 스캔들〉의 주제, 즉 '사회적 존재로서의 각 계층의 꿈과 그 한계 극복'을 향해 치밀하게 설정되었음도 놓쳐서는 안 된다.

조선 최고의 개혁 군주 정조에게는 군왕으로서의 꿈이 있었다. 사농공상 빈부와 계급의 차이와 무관하게 조선의 백성이면 누구나 자신의 꿈을 펼치고 실현하며 살아갈 수 있는 유토피아적 공간을 꿈꾼다. 정조는 자신의 꿈을 이루기 위해서는 필연적으로 한양을 떠나야만 한다. 한양은 노론을 위시한 오랜 기득권 세력이 뿌리 깊게 자리하고 있기 때문이다. 노론의 신권(臣權)은 군왕의 권력을 견제를 넘어서서 군왕을 제압하여 정사를 농단한다. 노론의 기득권을 박탈하는 수원천도 역시 노론이 찬성할 리 없다. 정조는 노론의 반대를 제압하기 위해 노론의 치부, 즉 자신의 생부인 사도세자의 죽음에 대한 영조의 슬픔을 기록한 '금등지사'를 찾으려 한다. 권력의 생리를 모르기에 아직은 순수한 성균관 유생들, '잘금 4인방'에게 정조는 노론을 억압할 수 있는 금등지사를 찾으라는 특명을 내린다. '잘금 4인방'에게 금등지사를 찾는 과제는 정조의 꿈을 실현하기 위한 '혼의 방랑'이다. 뿐만 아니라 자신들의 삶과 꿈을 성찰하고 이루기 위해 노력하는 '통과제의'이기도 하다. 통치자 정조의 사회적 꿈은 미래 사회의 주역인 청년들 개인의 꿈과 일치하기 때문이다. 선한 통치자 정조의 꿈과 조선의 미래인 청년들의 꿈은 서로 조화를 이루며 드라마 〈성균관 스캔들〉을 견인한다.

2. 〈성균관 스캔들〉, 사회적 꿈과 개인적 꿈의 조화로운 협주곡

드라마 〈성균관 스캔들〉에서 가장 주목해서 봐야 할 부분은 '잘금 4인방'의 인물 설정 양상이다. 이 '잘금 4인방'의 구성원들은 조선의 현재를 구성하고 있는 전형적 인물들이다. 이선준, 문재신, 구용하, 김윤희 이들은 각각 여당과 야당, 중인 그리고 여성에 해당한다. 또한 그 전형적 인물은 입체적 인물로 일련의 사건을 겪으면서 그들의 성격이 변한다. 이들 인물들은 주제를 향한 치밀한 계획에 의해 의도적으로 설정되어 있다.

첫 번째 인물은 이선준(박유천)이다. 그는 군왕의 세를 능가하는 권력을 가진 노론의 영수 좌의정의 외아들이다. 이른바 '삼신할머니의 랜덤'으로 그 출생부터가 화려하다. 잘생긴 외모에 부와 권력, 게다가 탁월한 두뇌의 소유자이다. 한 번도 장원을 놓쳐본 적이 없는 성적, 절대 권력인 군왕 앞에서도 결코 긴장하지 않는 남아로서의 당당한 배포까지 그야말로 모든 것을 지녔다. 자신의 원칙과 신념, 결단이 옳기 때문에 찌질이 동급생들의 투정과 사정은 배려하지 않는 유아독존, 타의추종을 불허하는 조선 최고의 '가랑'(아름다운 신랑감)이다. 이렇게 홀로 고고한 이선준은 김윤희(박민영)를 만나면서부터 변모한다. 원칙도 상황에 따라 변해야 한다는 것도 알게 되고, 신념으로 인해 배제당하여 고통 받는 집단이 존재하는 것도 알게 된다. 중요한 것은 원칙과 신념보다는 서로에 대한 사랑과 배려임을 깨닫게 된다. 뭔가 부족한 듯한 동급생들이지만, 그들과 함께하는 삶과 세상의 아름다움도 체험한다. 책만을 파고들었던 백면서생 이선준은 공허한 관념론에서 벗어나, 현실을 절감한다. 그리고 위정자에게 가장 중요한 이상과 현실의 조화와 그 실현이라는 포부를 가지게 된다.

두 번째 인물은 걸오(미친 말)를 별호로 가진 문재신(유아인)이다. 문재신은 소론의 영수 대사헌의 둘째 아들이자 외아들이다. 어릴 적 자신의 우상이었던 형 문영신이 금등지사와 연관되어 노론에게 살해되고, 아버지 대사헌은 비겁하게 침묵함으로써 권력을 유지하는 현실을 목도한다. 물리적 시공간에선 형을 상실하고, 정신적 시공간에선 아버지를 상실한다. 삶의 지표와 목적을 상실한 걸오는 그야말로 죽지 못해 살아가기에 비겁한 아버지를 증오하며 삶과 죽음을 넘나들며 극단적 삶을 산다. 성균관 유생으로 있지만, 그는 성균관의 이단아이다. 홍벽서로 변장해서 노론의 부정부패를 알리며 그들을 공격하는 게 주로 하는 일이다. 걸오에게 성균관은 끔찍한 자신의 아버지를 피해 생활하는 숙소일 뿐이다. 걸오는 형 문영신과 함께 노론에 의해 죽임을 당한 김승헌의 딸 윤희를 만나게 되고, 윤희를 보호하는 것에 집중하다보니 자연스럽게 일련의 사건에 휘말리게 된다. 또한 정조의 명으로 금등지사를 찾으면서 형의 죽음도, 아버지의 침묵도 이해하게 되고 수용하게 된다. 형이 세상을 증오해서 죽음의 위험에 자신을 파괴적으로 내던진 것이 아니라, 세상을 향한 자신의 꿈과 사랑을 위해 죽었다는 것도 알게 된다. 아버지의 침묵역시 비겁에 의한 것이 아니라 진정한 복수를 위해서, 가족을 지켜내기 위해서 침묵한 것임을 진정으로 이해하게 된다. 그리고 자신과 같이 한을 품고 사는 사람들이 없는 세상, 좀 더 나은 세상을 만들기 위해 무관이 되어 자신이 해야만 하고, 할 수 있는 일을 한다.

여림 구용하는 중인 출신이다. 집안의 재력으로 양반을 사서 양반 행세를 한다. 중인이라는 출생 성분에 대한 콤플렉스로 인해 언제나 정면 도전을 피하고, 술과 여자를 즐기며 구경꾼이 된다. 구경꾼에게 중요한 것은 '재미있는' 일이지, '옳은' 일은 아니다. 여림 구용하 역시 윤희로 인해 일련의 사건을 겪으면서, 그리고 금등지사를 찾으면서 구경꾼이 아닌 행동하는 지식인이 된다. 신분제도가 전부였던 조선 사회에서 신분을 초월하여 자신의 진정한 벗도 만나게 된다. 또한 그 과정에서 출생을 따라 중인으로서, 거짓 양반의 모습이 아닌 자신의 재능을 살린 패션 디자이

너의 꿈을 이루어 거짓 현실을 깨부수고 자신만의 꿈을 실현한다.

이 모든 각성의 매개인 김윤희는 조선 사회에서 인권도, 신분도 없는 여성이다. 사회 활동은 물론 배움의 길마저 차단되어 있다. 성균관 박사였던 아버지가 읽는 책을 몰래 들으며 스스로 학문을 익힌 윤희는 아버지가 금등지사로 인해 순직하자 소녀 가장이 된다. 당장 하루하루 먹고 살 끼니도 없어, 남장을 한 채 글재주로 연명한다. 선준과 정조로 인해 우여곡절 끝에 성균관에 들어오게 되고, 곧은 심지와 지성 그리고 여자라는 성 때문에 갖가지 고초를 겪으나 결국 모든 것을 극복해 낸다. 모든 사람들로부터 조선 여성이 아닌 한 인간으로서의 능력을 인정받게 된 윤희는 사회적 편견을 극복하고 연인과 남자 벗도 얻게 되고, 사회 활동도 하게 된다.

이 드라마에서 가장 인상 깊은 것은 바로 정조다. 금등지사를 찾아낸 윤희가 여성이란 사실이 밝혀지면서 그 목숨이 위기에 처하자, 금등지사를 포기함으로써 자신의 정치적 이상인 수원천도 역시 포기한다. 정조 역시 포기하는 과정을 통해 참된 정치가의 모습은 '선한 이상'에만 있는 것이 아니라, 현실에 실존하는 백성에 대한 구체적 사랑에 있다는 것을 깨닫게 된다. 구체성과 현실적 존재에 대한 사랑이 결여되어 있는 정치적 이상이란 또 하나의 독선에 불과함을 깨닫는다. 또한 참된 정치는 기득권이나 반대파인 노론을 제압하여 절대 권력을 소유하는 것이 아니라, 백성이 자신들의 꿈을 가지고 이룩하며 잘 살아가게 하는 제도의 구축임을 깨닫는다. 이후 정조는 자신의 정치적 실패와 임박한 죽음을 잘 알기에 윤희를 불러 당부한다.

"과인의 초라한 죽음도, 짧은 삶도, 한 일도 아닌 자신의 꿈을 기억해 달라."

선량한 군주인 정조는 비록 통치자라 할지라도, 자신의 이상은 실현하지 못하는 한계가 있음을 인식한다. 그리고 통치자로서 해야 될 가장 중요한 것은 모든 국가 구성원이 함께 가질 수 있는 비전, 그 실현의 가능성을 제시하는 것임을 깨닫고, 그 비전을 조선의 미래를 이끌어 갈 세대에 전수한다. 정조는 정치적으로 실패한다. 그리고 죽는다. 그러나 정조가 이루고자 한 꿈, 사회적 유토피아는 '잘금 4인방', 그리고 그 다음 세대에 의해 계속 이어질 것이다. 통치자가 이루어야 할 것은 현실에 있는 것이 아니라, 미래에 존재한다. 정조의 원대한 포부를 정조가 살던 당대에 이루려는 것은 현실적으로 불가능한 일이다. 그럼에도 불구하고 정조는 그 일을 이루려고 노력하는 과정에서 조선의 미래와 희망을 후세대에게 제시하고, 동일한 꿈을 꾸게 한다. 당대에 이룰 수 없다 할지라도 언젠가 이루어질 미래를 바라보며 현재 최선을 다해 노력하고, 살신성인하는 모범 또한 보인다. 후세대가 정조의 정치적 꿈을 기억하는 한, 정조와 동일한 혹은 유사한 꿈을 품고 현재 최선을 다해 노력하는 한, 정조는 결코 실패한 군주일 수 없다. 미래 세대와 사회 구성원들에게 자신이 처한 상황과 무관하게 자신과 자신이 살아가는 사회에 대한 긍정, 그리고 자신과 사회의 미래에 대한 강력한 희망을 가지게 하는 것보다 더 성공한 정치는 있을 수 없다.

3. 꿈의 성취, 그 기적 같은 현실

드라마 〈성균관 스캔들〉은 진정한 꿈은 무엇인지, 그 꿈의 진정한 성취란 또 무엇인지를 제대로 보여준다. 그리고 그 꿈은 결코 개인적인 것에 한정된 것이 아니라, 사회와 유기적 관계 속에서 찾고 키우고 이루어

나가야 함을 보여준다. 드라마 〈성균관 스캔들〉의 주역은 '잘금 4인방'이다. 이 '잘금 4인방'의 구성원들은 조선을 구성하고 있는 전형들이다. 여당과 야당, 중인 그리고 여성이다. 또한 그 전형적 인물은 입체적 인물로 일련의 사건을 겪으면서 그들의 성격이 변한다. 그 변함은 긍정적 각성에 도달하여 현실에의 타협 아닌 조율로써 자신들의 꿈, 시대의 꿈을 이루기 위해 지속적으로 살아가는 인물을 그려낸다. 드라마 〈성균관 스캔들〉은 대사 한 마디 한 마디가 주제를 향해 조준되어 있고, 구체적 인간에 대한 깊이 있는 이해가 담겨져 있다. 또한 갈등과 서스펜스, 애정 구도 및 코믹 등 모든 흥미 요소 역시 제대로 활용한다. 신인임에도 불구하고 이른바 '발연기' 하나 없이 내면까지 보여 주는 배우들의 연기 또한 볼 만했다.

이른바 '성공'한 위인들은 항상 '꿈을 지녀라'고 말한다. 그러나 꿈을 가진다는 것, 그 실현을 위해 현실에 안주하지 않고 새로운 탄생을 위해 나아간다는 것은 말처럼 그리 쉬운 일이 아니다. 꿈을 성취하기 위해선 누구나 '자기 앞의 과녁'에 '홀로' 서야 하기 때문이다. '과녁'을 명중시키기 위해선 현재의 상태를 점검하고 극복하기 위해 살점이 떨어져 나가는 고통을 참으며 자신을 연마해야만 한다. 자신의 한계를 넘어서고, 예기치 않은 불행과 외적 변수들을 모두 헤치고 살아남은 자만이 꿈의 성취를 위한 결승전에 진출할 수 있다. 자기와의 싸움, 타인과의 싸움에서 꼭 필요한 순간에 '과녁'을 명중시킨다는 것은 어쩌면 기적이다. '기적이 필요하다면, 난 만들어 볼 참이다'고 말한 극중 이선준처럼 우리는 과녁 앞에 서야 한다. 그리고 타인과 연대하여, 타인의 꿈과의 조율을 통해 '명중'이란 우리의 기적을 이루기 위해 최선을 다해야 한다. 기적은 미래의 공간에서 우리를 기다리고, 삶은 우리를 소리쳐 부른다. 기적이 필요하다면, 난 너와 함께 그 기적을 만들어 볼 참이다.

제6장

문학, '차이'의 '치장'들이 공존하는 '장치'

제1절 세대 차이에 관한 단상

'감춤'의 평시조와 '드러냄'의 사설시조

1. 감춤의 세대, 드러냄의 세대

학생들을 가르치면서 절대로 인정하고 싶지 않은 단어가 딱 하나 있다. '세대 차이'가 바로 그것이다. 약간 먹어주는 액면가 내세워 '니들'이나 '나'나 무슨 차이가 있냐고 약간의 과장과 위협을 동원해 목청 높여 외친다. 오히려 내가 '니들'보다 더 앞서 나간다고 허풍을 떨기도 한다. 내 화려한 언술에 속아 넘어갔다기보다는 처절하게 주장하는 내가 불쌍해서 혹은 다른 현실적 이유에서 몇몇 학생들이 고개를 주억거려 주기도 한다. 그럼에도 불구하고 내 모든 말들이 자기 최면 내지 자기 위안의 말일 뿐이란 것을 잘 안다. 자기 최면이 필요한 나이이고, 또한 최면을 통해 위안을 받거나 버틸 수 있는 난, 참 애매한 세대이다. 어쨌거나 고백하건대 난 요즘 세대랑 '세대 차이' 확실하게, 그것도 매일 매일 체감하면서 산다.

'세대 차이'의 스펙트럼은 다양하다. 그 중에서 내가 가장 신선한 충격을 느끼는 것은 요즘 학생들은 자신의 단점이나 약점들을 숨기지 않는다는 사실이다. 물론 다 그런 것은 아니지만, 대다수 그러하다. 이른바 자기 비하로부터 자신을 보호하려는 무의식적 방어 기제인 과장된 감정 과잉의 반응, 즉 '콤플렉스의 표출'로서의 '투사'가 없다. 일례로 여학생들은 남학생들이 있건 없건 개의치 아니하고, 자신의 신체적 단점들 또는 실패한 연애담들을 마구 쏟아낸다. 머리가 크다, 허리가 없다, 배가 나왔다, 팔뚝이 굵다, 하체 비만이다, 다이어트 중이다, 남자친구에게 차였다 등등… 오히려 듣고 있는 내가 당황스러워 표정 관리하느라 진땀 뺀다. 그러나 상황 수습하려는 것 자체가 다 '뻘짓'이고 '삽질'이다. 수습 따위는 필요 없고, 그냥 같이 함께 웃으면 된다.

자기 푸념의 형식으로 자신의 단점 등을 폭로하고, 옆의 친구들은 동조하고 그리고 깔깔거리고 웃는 것이 요즘 세대의 일반적 경향이다. 성장 과정에서 다수의 어른들 틈에서 소수의 아이들이 충분한 관심과 사랑을 받아서인지 이른바 '상처'과 '결핍'이 없다. 물론 아닌 학생들도 있지만, 일반적으로 그러하다는 말이다. '상처'는 사람을 강하게 하고, '콤플렉스' 역시 극복 과정에서 자아 발견 및 완성을 향한 자기 성찰이라는 순기능도 있기에, '상처'가 없다는 것이 반드시 긍정적인 것만은 아니다. 그럼에도 불구하고 주저 없이 자신을 표현하는 학생들이 사랑스럽고 진심으로 정말 진심으로 부럽다. 최소한 내겐 그러하다.

2. '감춤'과 '드러냄'의 양상들

마음이 어리석은 후이니 하는 일이 다 어리석다.
만중 운산에 어느 님 오리마는
지난 닢 부는 바람에 행여 그인가 하노라

– 서경덕

창밖이 어른어른하거늘 님만 너겨 펄쩍 뛰어 뚝 나서 보니
님은 아니오고 으스름 달빛에 지나가는 구름이 날 속였고나
마초아 밤일세망정 행여 낮이었으면 남 우길 뻔 하여라

- 작자 미상

　서경덕의 평시조와 작자 미상의 사설시조는 동일한 내용을 다른 방식으로 이야기한다. 서경덕은 님(황진이)이 절대로 올 수 없는 '만중운산'이라는 자신의 공간에 대해 이성적으로 인지한다. 현실적 불가능성을 잘 인지하고 있음에도 불구하고, 서경덕은 나뭇잎 떨어지는 소리를 그녀의 발자국 소리로 기대할 만큼 간절한 그리움을 지니고 있다. 그러한 자신의 모습을, 자신의 사랑을 어리석음이라 자책한다. 사랑한다는 말은 물론 그립다는 말조차 아낀, 유학자다운 격조와 이성을 유지한 철저한 숨김의 시조이다.

　반면 사설시조의 서정적 자아는 님과 이별 후 창밖만 애타게 바라본다. 구름이 어른거리는 모습을 님의 모습이라 착각한다. 상황에 대한 이성적 판단은 개입될 여지가 없이 일단 무조건 '펄쩍 뛰어 뚝 나서'는 성급한 행동으로 이어진다. 님이 아니라는 자각이 들자마자 '행여 낮이었더라면, 완전 웃음거리가 될 뻔'한 자신의 모습에 겸연쩍어 한다. 님에 대한 사랑과 기다림의 간절함을 진솔하면서도 가식 없이, 있는 그대로 표출한다. 사랑에 미쳐 정상적 판단이 안 되는 자신의 모습이 타인에게 웃음거리가 될 것임을 알면서도, 자신의 행동과 착각을 언어로 미화하지 않는다. 서경덕의 시조처럼 그리움의 깊이는 느낄 수 없다. 그러나 어차피 뜻대로 되지 않는 삶을 해학과 익살로 가볍게 눙쳐버리면서, 삶과 이별의 고통을 넘어서려는 내공이 어렴풋이 느껴진다. 조선 전기와 후기의 '세대 차이', 그리고 '계급 차이'가 만들어낸 간극이다. 이러한 간극은 다

음 시조에서는 더 확연해 진다.

산은 옛 산이로되 물은 옛 물이 아니로다
주야에 흐르니 옛 물이 있을소냐?
인걸도 물과 같아서 가고 아니 오노매라

－황진이

개를 여러 마리 기르되 요 개처럼 얄미운 놈이 있으랴.
미운 님 오며는 꼬리를 홰홰 치며 뛰며 내리며 뛰며 반겨서 내닫고,
고운 님 오면 뒷발을 버둥거리며 물러섰다가 나아갔다가 하면서 캉캉 짖
어 돌아가게 한다.
쉰밥이 그릇그릇 난들 너 머길 줄이 있으랴

－ 작자 미상

황진이의 시조는 분명 '인걸'에 대한 그리움을 나타내고 있다. 그럼에
도 불구하고 '그리움'도 '사랑'도 이 시조 속에서는 표현되지 않는다. 단지
'가고 안 오는' 인걸의 행위만 제시하고 끝이다. 황진이는 정지된 '산', 유
동적 '물'의 대조적인 이미지를 통해 '산'과 같이 변함없는 자신의 그리움
과 사랑, 그리고 '가고 오지 않는' 인걸에 대한 원망과 연모의 감정을 철
저하게 감춘다. 그 감춤이 얼마나 철저했으면, 혹자들은 여기서 '인걸'은
'님'이 아닌, 보통명사로서의 사람이고, 이 시는 그리움의 정서가 아니라
'무상한 인생사'를 표현한 것이라고까지 해석한다. 작가적 상황을 고려하
지 않고, 오로지 내재적 관점에서 본다면 충분히 가능한 해석이다.

반면 사설시조의 서정적 자아는 자신이 기르는 '개' 이야기를 통해 '고
운 님'에 대한 간절한 그리움을 아주 해학적으로 그려내고 있다. 님이 서
정적 자아를 찾아 왔다가 개 때문에 그냥 돌아가는 말도 안 되는 상황은
현실에서 결코 있을 수 없다. 님은 그냥 오지 않는 님일 뿐이다. 기다리

는 님은 오지 않고, 이른바 '떨거지'들만 자꾸 찾아온다. 그 화풀이를 서정적 자아는 개한테 해댄다. 그리고 자신이 할 수 있는 폭력적인 권력 즉 '밥' 가지고 화풀이를 함으로써 읽는 이로 하여금 웃게 만든다. '맞어! 다 개 때문이야.' 서정적 자아는 아마 이 시조를 부르면서 오지 않는 님에 대한 그리움을 달래고 있을 것이다. 그리움은 점차 희석되면서, 아마도 새로운 희망을 품으면서 힘차게 생을 살아갈 것이다.

3. '있는 그대로' 드러냄이 두렵지 않은 유토피아

자신의 감정을, 자신의 상황을 있는 그대로 이야기한다는 것은 위험한 일이다. 자신이 표현한 말에 대한 반응을 예견할 수가 없기 때문이다. 내게 아군인지, 적군인지 알 수 없는 대상을 향해 속마음 담긴 글들을 내놓는 일 또한 더욱 그러하다. 숨기기와 감추기의 경계선에서 아슬아슬한 줄타기를 할 수밖에 없다. 부, 지위, 명성 혹은 사사로이 구축한 자기 이미지든 잃을 것이 많을수록 감추기의 영역이 늘어난다. 언어로 포장을 하고, 한 걸음 물러나서 고상을 떤다. 사랑과 기침은 숨길 수 없다고 한다. 그럼에도 불구하고 자신의 감정을 숨김으로써 병을 키우고, 고독을 키운다.

그런 점에서 요즘 젊은 세대가 가지고 있는 '드러냄'으로써 웃어버리는, 이른바 '푼수 기질'들은 무척 사랑스럽다. 말도 안 되게 '개'를 설정해서 화풀이를 하기도 하지만, 골방에 처박혀 남몰래 우는 모습보다는 그 만행과 투정들이 차라리 건강하고 신선하다. 나이가 들어가면 갈수록, 숨김으로써 유지해야 할 것들이 버겁게 느껴질수록 그러한 그들의 건강함에 대한 갈망이 사무친다.

제2절 '노망(老妄)'과 '로망(Romance)' 사이

향가 「헌화가(獻花歌)」

1. '꿈'과 '사랑'은 나이의 '격'에 맞아야 아름답다?

살아가면서 행복의 절정기는 언제쯤일까? 개인차는 있을 수 있겠지만, 보편적으로 대학 1학년 1학기를 생의 초절정기로 꼽는다. 입시지옥에선 벗어났고, 취업과 결혼에 대한 중압감은 아직 먼 미래에 있다. 약간의 일탈에도 주위의 시선은 관대한 때이고, 대학 내부에선 어딜가나 환대받는 존재다. 책임보다 자유가 더 많이 주어지는 시기, 청춘의 특권을 맘껏 누릴 수 있는 시기이다. 삶의 절정에서 이들은 꿈과 사랑의 특권이 자신들에게만 부여된 줄 안다. 꿈도 사랑도 자신이 하면 '로망'이지만, 지들보다 나이 드신 분들이 하면 이른바 '노망'이다. '적격(適格)'이란 고전주의의 미학의 잣대에 의하면, 사랑은 젊은 청춘의 특권으로 '~답게' 해야 아름다운 '로망'으로 승화된다. 그러나 향가 「헌화가」는 이러한 기준을 완전히 전복시킨다.

2. 향가 「헌화가」엔 무슨 일이 있었나?

사건의 발단은 또다시 수로부인이다. 수로부인은 「도미설화」에 나오는 도미의 아내 '아랑'과 함께 대한민국 역사상 최고의 미인으로 불린다. 아쉽게도 이 두 분은 모두 남편이 있는 유부녀다. 순정공의 아내 수로부인은 그 미모로 가는 곳곳마다 납치를 당하는 등…암튼 가지가지 스토리를 만들어 낸, 이른바 창작의 혼을 불러일으키는 '뮤즈'이시다. 그때 그 시절엔 예쁜 귀족 여자가 그리 밖으로 나돌아 다니기도 힘들었을 듯한데, 암튼 이 수로부인께서는 외출이 아주 아주 잦았다고 한다. 하기야 그 시절에 인터넷이 있었던 것도 아니고, TV가 있었던 것도 아니고, 그렇다고 독서에 조예가 깊으셨을 것 같지도 않으니…. 어찌 보면 당연한 사실일 수도 있겠다. 암튼 동서고금을 막론하고 예쁜 여자들은 자신 외모에 대한 자의식 분명하고, 그 가치를 적재적소에서 아주 잘 써 먹는다.

다시 사건의 본질로 돌아가자. 이 날도 수로부인은 남편 순정공 및 수행원들과 함께 산책 중이었다. 잠시 휴식하는 그 순간, 수로부인은 '벼랑에 핀 꽃'에 매료당한다. 그리고 이렇게 외쳤다고 문헌은 기록한다. "어머! 예쁜 꽃! 누가 나를 위하여 저 꽃을 꺾어다 줄고?" 이쯤되면 이것은 애교를 넘어 간교의 수준이다. 여기서 우리가 결코 간과해서는 안 되는 것이 바로 '벼랑'이라는 공간이다. 사람 목숨 그것도 자신을 연모하는 사람의 목숨을 담보로, 아무것도 아닌 시들어 버릴 꽃을 욕망하는 대한민국 최고 미녀 수로부인이라…. 더불어 벼랑에 핀 아름다운 꽃을 왜 다른 사람들이 향유할 수 있게, 또한 꽃도 생명인데 굳이 꺾고 싶었을까? 그런 생각이 들지 않을 수 없다. 나아가 그 '꽃'은 정말 단순히 '꽃'이었을까? 공부하는 자로선 그런 생각이 들기도 한다. 어찌하였던 수로부인의 이 외침은 남편 순정공을 비롯한 주변 남정네들을 순식간에 고뇌의 세계로 빠져들게 한다. 수로부인이 갈망하는 것은 목숨을 걸어야 하는 '벼랑에 핀' 꽃이다. 또한 돈도 권력도 아닌 그냥 그야말로 그냥 '꽃'이란 것이다. '꽃'을 목숨 걸고 꺾어서 바쳐본들, 자신이 얻을 수 있는 있는 것은 아무것도 없다.

수로부인의 철없는 욕망, 그러나 남성으로서는 결코 무시할 수 없는 예쁜 여자의 욕망이기에 모두 갈등하고 있을 때, 우리의 해결사가 등장한다. 소를 끌고 가던 '노인', 관직도 없는 '노인'이라고 해서 기록에는 '견우(牽牛) 노인', '실명(失名) 노인'이라 한다. 여기서 경악스러운 사실은 '노인(老人)'이다. 연세 많으신 분…그래서 죽음의 두려움을 초월하신 것일까? 여기서 '소'라고 하면 시대적 상황을 고려해볼 때 요즘 적어도 부가티베이론급의 슈퍼카 정도라고 봐야 한다. 현 시대 상황으로 잠시 재구성해보면, 슈퍼카 타고 다니시던, 돈도 많고 개성도 강하신, 완전 잘나가시는 '노인'께서 철딱서니라고는 찾아볼 수도 없을 뿐만 아니라, 막강 권력자인 다른 놈의 여자인 수로부인의 미모에 혹해서 수십 억에 해당하는, 즉 자신의 모든 재산인 슈퍼카도 내던지고, 처자식과 부모 등등 모두 버리고, 어쩌면 아무 의미나 성과가 없을 수도 아니 무엇보다 무가치하게 여겨지는 일, '꽃'을 꺾는 일에 자신의 목숨을 건다. '노망(老妄)'일까? 아님 '로망(Romance)'일까? 어쨌든 이 '노인'께선 슈퍼맨 정도의 초능력자이신 것이 틀림없다. '벼랑 끝의 꽃'을 마침내 꺾으셨다. 그리고 이후 또 한 번의 반전이 나타난다. 지금까지 이건 노망이야…이러면서 고개 젓던 나의 머리를 잠시 멈추는 사건이다.

경상도 남자의 스테레오 타입이란 것이 있다. "아~(아이)는? 밥은? 자자!" 결혼하면 딱 세 마디만 하는 것이 경상도 남자라고들 한다. 부산을 떠나본 적이 별로 없는 나로선 긍정하지 않을 수 없다. 그러나 이 무뚝뚝

함과 투박함 이면에 감춰진 깊이와 강인함이 바로 경상도 남자들의 매력이기도 하다. 그런데 「헌화가」의 주연인 '노인'께서는 아무래도 유전자 변이체임이 틀림없다. 목숨 걸고 꽃을 꺾으실 때부터 뭔가 남다르셨던 이 분께선, 전형적 경상도 남자 스타일로 그 꽃을 수로부인한테 툭 내던지지 않았다. 바로 그 순간 그 분께서는 홀로 작곡·작사 하여 자신의 맘을 담아 자신의 사랑을 표현한, 노래를 간곡히 부른다. 그 노래를 통해 그는 꽃을, 자신의 목숨을, 그리고 자신의 사랑을 수로부인께 바친다.

> 자주 빛 바위 가에
> 잡은 손 암소를 놓게 하시고
> 나를 안 부끄러워 하신다면
> 꽃을 꺾어 바치오리다.

3. 로망, 모든 존재의 권리

음악의 힘은, 예술의 힘은 강력하다. 이 순간 감격하지 않을 여자는 세상에 결코 없다. '노망'이라고 방방 뛰었던 나도, 이 장면을 상상하면 '저건 로망이야' 라고 생각을 바꾼다. 우리의 멋진 어르신께선 아무리 세월이 흘러도 변치 않는 예술에 대한 사랑, 아름다움에 대한 사랑 그리고 인생에 대한 사랑을 가지고 계시는 분이란 생각이 새록새록 든다. '노인'이 존경스러워지니, 철딱서니 없다고 생각했던 '수로부인'에 대한 생각까지 바뀐다. 얼마나 대단한 여자였기에, 저 분께서 목숨을 거셨을까? 하는 생각조차 든다. 때때로 수로부인과 저 낭만적인 분, 그 낭만적 사랑이 맘을 훈훈하게 한다. 사랑은, 로망은 청춘만의 특권은 아니다.

제3장 프로크루스테스의 침대에서 탈출한 사랑, 동성애

은미희, 『소수의 사랑』

1. 동성애 논쟁, 리트머스지와 뜨거운 감자

동성애에 관한 문화적 태도는 개인과 사회의 개방성을 측정하는 리트머스지이다. 동성애에 대한 개방성 여부를 통해 사회와 사람의 '열린' 정도가 측정될 수 있다. 고대 동성애는 철학적·종교적·정치적으로 에로스의 가장 숭고한 형태로 존재했으나, 동시에 20세기에 이르기까지 정신도착·사법적 처벌 대상 등 억압의 원인으로도 존재해 왔다. 오늘날 동성애자들은 의학적으로 법적으로 지난날의 수치스러운 역사를 전복한다. 이 자발적 전복 행위는 동성애자들의 성적 정체성 인정 성과뿐만 아니라 결혼 및 취업, 자녀 입양 등 사회와 맺는 관계 재정립을 위한 논의에서 상당한 성과를 거두고 있다. 이러한 현상들은 우리 사회의 동성애자들에 관한 편견과 억압들이 완전히 해소되어 주류 속에 편입되어 가는 듯한 착각을 불러일으킨다.

그러나 유교적 가치관이 뿌리 깊은 우리나라뿐만 아니라 비교적 개방적이라 알려진 서방 국가에서도 현실에서 동성애에 관한 고정관념 및 편견은 곳곳에서 존재한다. 예쁘장한 남자애가 장신구를 치렁치렁 달고 화장을 했다면, 우리는 그가 동성애자가 아닐까 한 번쯤 '의혹'을 가진다. 부모들은 자식이 동성애자가 되지 않을까 '염려'하고, 청소년 학교에서 '게이'라는 말은 최악의 욕설로 자리매김한다. 동성애자라는 '불명예'스러운 의혹이 자신에게 향하면 사실과 무관하게 다들 모든 수단을 동원해 일단 '거부'한다. 동성애자들은 여전히 배제되고 고통당하다 스스로 목숨을 끊는 상황도 벌어진다. 동성애를 다룬 영화나 드라마는 여전히 핫이슈가 되고, 여론은 찬반론으로 나뉘어 인터넷을 뜨겁게 달군다. 아무도 동성애에 '무관심'하지 않다. 그러나 정작 동성애자들은 '의혹'과 '염려', '불명예'와 '억압'으로부터 벗어나 '무관심'과 '무명'의 삶을 살기를 원한다.

2. 초록은 동색(同色) — 은미희, 『소수의 사랑』

은미희 『소수의 사랑』(2002)의 서술자인 경미는 철저한 소수이자 타자이다. 경미는 '상피 붙는다'는 아들딸 쌍둥이로 태어나, 자신을 낳은 어머니의 '저 년을 엎어놔야 했어'라는 저주를 들으며 성장한다. 쌍둥이 남동생 경수는 어머니의 저주를 이용해 경미를 협박하여 근친상간을 하고 경미와 결별, 즉 가족과 세상으로부터 결별하고 막노동꾼으로 부유한다. 세상과 가족에 남은 경미는 자신의 성장 과정 및 심리적 정황을 대변하는 이름의 잡지 '또 하나의 사람'의 기자로 근무하면서 '1과 자신으로만 나누어지는 숫자'인 '또 하나의 소수'이자 동성애자인 송진우를 취재한다. 『소수의 사랑』은 경미가 취재 중 개인적으로 화상당한 쌍둥이 남동생 경수와 재회, 어머니와의 화해의 과정을 겪으면서 동성애자 송진우의 고뇌에 공감하며 그를 이해하게 되는 과정을 형상화한다.

'커밍아웃'은 '벽장 밖으로 뛰쳐나온 자'로 자신의 동성애 취향을 공식적으로 세상에 알리는 행위이다. 커밍아웃은 동성애자들이 심리적 도덕적 억압으로부터 자유롭기 위해 감행하는 최후의 수단이다. 동성애자들은 커밍아웃으로 인해 가족의 상처, 사회적 지탄과 비난을 받을 수도 있지만, 한편으로는 자신의 성적 취향을 숨기기 위한 이중적 삶이나 자기기만으로부터 해방된다. 커밍아웃을 한 송진우는 사회의 주목을 받게 되고, 잡지사는 송진우의 성적 취향을 상업적으로 이용할 계산을 한다. 기획 기사의 제목인 '신이 허락하지 않은 사랑―동성애'는 동성애에 관한 잡지사의 편견을 잘 보여준다. 동성애를 금기시하는 것은 사회제도나 고정관념이 아닌 절대적인 존재 '신'이고, 동성애는 '허락받지' 않았기에 금지된 사랑이자 소수의 사랑인 것이다. 경미는 금기시된 사랑으로 인해 고통 당하는 입장에서 똑같은 처지의 송진우를 '7천 5백원짜리 잡지의 단세포적인 흥밋거리'로만 전락시키고 싶어하지 않는다. 편집 방향과 달리 동성애자로서의 곤혹스러움이나 좌절, 삶에 대한 진정성 및 자기 수용, 사람들의 편견을 그려낼 작정을 한다.

송진우가 자신의 카페 'GUESS(게스)'라는 '의혹'에서 벗어나서 동성애자 사포의 자율적 공간이었던 '레스보스'를 추천하기도 하고, 때로는 맑은 영혼의 소유자 송진우와의 사랑을 꿈꾸기도 한다. 경미는 동성애자 송진우를 낯설어 하지 않고, 아프기는 하겠지만 당당하게 살아가길, 언젠가는 하나의 질서에 편입될 수 있을 희망과 꿈을 가지길 응원한다. 그러나 현실의 가혹함에 의해 동성애자 송진우의 삶은 편집장에 의해 폐기당하고, 동성애의 고뇌로 채워져야 할 잡지의 지면은 트랜스젠더로 이름을 날리는 여배우의 조작된 성과 웃음으로 채워진다. 소설 속의 이런 설정은 2000년 당시 커밍아웃한 홍석천에 대한 방송활동 금지 등의 사회적 배척과 이와 대비된 아름다운 트랜스 젠더 하리수의 상업적 성공이라는 당시 현실과 일치한다. 잡지 편집장의 말을 통해 세상이 동성애에 갖는 관심사는 '은밀한 체위, 동성애가 주는 또 다른 열락, 그들만의 질서, 언어, 행태 따위 등'이라는 것을 깨닫고 경미는 현실의 벽을 느낀다. 오늘날 한국 사회는 다양성과 차이를 존중하는 갖가지 사상과 행위로 포장되어 있지만, 현실은 그렇지 못하다. 이러한 현실은 동료인 김 기자의 말과 표정의 괴리를 통해 형상화된다.

> 누군들 동성애를 꿈꾸겠어. 제 안에 도사리고 있는 성이 자신을 외적으로 규정하는 성보다 강렬하면 어쩔 수 없는 일 아니겠어. 근친상간은 동성애보다 더 나쁠 테고, 타인이 가슴 아파하는 사랑의 형태가 자신과 같은 모습이 아니라 해서 그 사랑이 비난 받아서도 안 돼. 세상의 윤리와 도덕의 잣대로 재단하면 안 되지. 저들은 저들만의 사랑으로도 기함할 듯 지쳐있어.

김 기자는 표면적으로 보면 동성애를 옹호하는 것 같지만, 그들의 성적 취향은 '어쩔 수 없는' 병적인 것이고 '나쁜' 것으로 평가한다. 그러면서도 동성애자들을 비난해서는 안 된다는 이중적 태도를 취한다. 서술자 경미는 김 기자의 표정이 '완고하게 굳어 있다'고 묘사하면서, 김 기자의 말이 단순한 논리와 이성의 산물에 불과함을 형상화한다. 김 기자의 이러한 태도는 동성애 자체에 대한 혐오와 불신은 여전히 팽배해 있지만, 성적 취향으로 인해 동성애자가 사회적 불이익을 받아서는 안 된다고 생각하는 한국 사회의 보편적이고 평균적인 인식을 잘 보여준다.

경미가 동성애자인 송진우의 고뇌를 진심으로 이해하고 응원할 수 있었던 근저엔 경미 자신이 근친상간으로 세상의 타자이자 소수로 자신과 세상을 상대로 힘겨운 싸움 중이기 때문이다. 경미는 완고한 세상에 그저 내던져진 나약한 '타자'이기에, 동성애자인 송진우를 거부하지 않고 존재 본질인 그의 '얼굴'에 다가간다. 소설의 결말에서 소수인 경미와 송진우의 현실적 상황은 변함없다. 송진우는 여전히 혼돈의 공간인 'GUESS(게스)'에 남아 벽장을 뛰쳐나온 보람도 없이 세상 속에 편승되지 못한다. 경미 역시 가족 간 화해의 장소에서도 여전히 하나가 되지 못하고 역시 'GUESS(게스)'의 공간으로 내몰린다. 그러한 상황에서 동성애자인 송진우는 오히려 경미를 위로한다.

> "저 문에 달린 구리종이 울릴 때마다 얼마나 반가운지 몰라요. 마치 종소리에 내 영혼이 맑게 깨어나는 것만 같죠. 하지만 좀처럼 저 종은 울리지 않아요. 삶은 그런 것이죠. 무언가를 기다리는 것, 기다리는 것이 무엇인지도 모르고, 그저 끊임없이 기다리고만 있는 것, 분명 머지않아 오리라고, 자신을 속이면서 속절없이 기다리고 있죠." (…중략…) 송진우처럼, 경미도 무언가를 기다리기로 했다. 그 무엇이 어떤 것인지 정체는 알 수 없다. 그저 기다리는 일, 기다리므로 지루하지 않게 생을 살 수도 있으리라 (…중략…) 문은 열리기 위해 세상에 존재하는 것. 구리종이 달린 게스의 문도 어느 땐가 맑은 소리를 내며 열리고 환한 얼굴의 사람들이 드나들겠지. 그때쯤이면 자신도 다른 사람 곁에서 오순도순 남은 생들을 이어 나갈 수 있을까. 그날을 위해 지금부터라도 자신의 생을 사랑해야 하리라.

태어나자마자 죽었어야 하는 자신의 운명과 저주에 좌초되어 좌절과 절망 속에서 하루하루 그림자처럼 지낸 경미로서는 '지금부터라도 자신의 생'을 사랑하겠다고 결심하는 것 자체가 대단한 변신이다. 비록 상업적 잡지와 세속의 권력 질서에 의해 끝까지 '소수'로 남을 수 밖에 없었지만, 동성애자 송진우의 취재 과정을 통해 경미는 근친상간으로 고통받는 자신과 동성애자인 송진우와 같은 '소수'의 정체성을 긍정하고 진심으로 포용할 수 있는 세상을 기다릴 수 있는 희망을 가지게 된다.

3. 억압과 치료대상을 넘어 '차이'로서의 동성애

'동성애'라는 용어는 남성끼리의 성관계를 범죄시하는 풍토에 맞서기 위해 1869년 헝가리 출신 의사 벤케르트에 의하여 처음 사용된다. 그러나 이후 동성 간의 도착적인 섹스 혹은 비정상적인 인물 등 모멸적이고 부정적인 의미로 전이된다. 1970년대 미국 남성 동성애 맹렬 운동가들이 의학적 색채와 비하적 의미가 덜한 '게이(gay)'라는 말을 쓰자고 주장한 후, 오늘날 널리 사용되고 있다.

고대 문명에서 동성애는 권력 관계의 위계질서 내에서 지배와 피지배의 도구로 행세했다. 이 같은 형태의 동성애는 파라오가 자신의 하렘에 미소년들을 기거토록 했던 고대 이집트 시대는 물론이고, 고대 중국의 시문학이나 가나안의 풍요 의식에서도 나타난다. 특히 고대 그리스 시대 지성인들은 동성애란 천상의 에로스의 가장 숭고한 형태로 인간이 가질 수 있는 가장 고차원적 형태의 사랑으로 여겼다. 반면 고대 이스라엘에서는 동성애가 철저하게 죄악시되었기에, 가톨릭이 로마 제국의 국교로 공인되면서 동성애는 교회법에 의해 죄악으로 간주된다. 기독교에서 가장 위대한 성인으로 추앙받고 있는 아우구스티누스(354~430)는 출산을 목적으로 하지 않는 섹스 또는 정욕 특히 동성애를 타락의 산물로 보았다. 토마스 아퀴나스(1225~1274)는 육체적 합일 그 자체를 악으로 보지 않는 유연한 태도를 보이긴 하였으나, 근친상간 · 강간 · 간통 · 동성애 등은 부자연스럽고 부도덕한 행위로 규정한다. 16세기 초 영국에서는 동성애를 사형으로 다스렸고, 17세기 중엽 혼자 사는 대부분의 여인들은 마녀사냥에 의해 화형 당한다. 동성애 혐오증의 바탕에는 권력 구조와 밀접한 관련이 존재한다. 18세기에 통치자들에 의해 출생률·수명·생식력·건강 상태·질병의 발생빈도·식생활과 주거 형태를 내포한 '인구'는 명백한 통치의 대상이 된다. 인구의 증가를 확실히 하고 노동력을 재생산하고 사회적 관계 양상을 그대로 유지시킬 수 있는 결혼 제도 내의 이성애만이 합법화되고, 외도·간통·근친상간·동성애 등은 불법적 행위로 규정된다. 19세기에 이르러 동성애는 유전이나 성장 과정에 의한 트라우마에서 형성된 성적 일탈 행위, 즉 일종의 정신병으로 규정되어 동성애자들은 처벌과 치료의 대상이 된다.

이러한 견해는 1973년 미국정신의학협회에서 3년간의 토론과 표결 끝에 정신이상의 범주에서 삭제되고, '정신 질환 및 통계 교범 DSM-3'에서도 항목이 삭제된다. 이후 1992년 WHO현장에 서명한 모든 가입국은 동성애를 정신이상의 범주에서 삭제하고, 성도착의 범주에서도 제외한다. 또한 1999년 PACS(시민연대연합협약)에 의해 동성 커플에게도 결혼한 정식 부부에 준하는 법적 지위를 부여하는 나라 또한 증가하고 있는 추세다. 이미 네덜란드와 덴마크, 프랑스 등이 동성커플 간의 상속권을 인정하고 사회보장·납세·유산상속·재산 증여 등의 권리를 부여하고 있으며 심지어 자녀 입양권까지 부여하는 나라도 있다.

이렇듯 동성애를 치료의 대상이나 범죄로 보지 않는 법적, 제도적 장치가 엄연히 존재함에도 불구하고 오늘날 동성애는 대다수의 사람들을 불편하게 만든다. 뿐만 아니라 '동성애 유전자의 존재', '성장 과정에서의 결핍', '에이즈 확산의 주범' 등 동성애에 관한 수많은 오해와 편견 또한 존재한다. 때문에 동성애자들은 자신의 성적 취향 및 정체성을 깨닫는 순간부터 수많은 고뇌에 사로잡히고, 사회적으로 부당한 처분을 내면화한다.

오늘날 금기를 깨뜨리고 동성애를 다르게 사유하며, 동성애를 다른 방식으로 바라보려는 태도는 결코 사회적 퇴행을 초래하는 불순한 기도가 아니다. 우리는 어떤 의미에서 모두 '타자'들이다. 성적 · 정치적 · 경제적 · 사회적 측면의 모든 분야에서 주체가 될 수 있는 사람은 존재하지 않는다. 세상을 조종하고 움직일 수 있다는 오만이 타인을 억압한다. 스스로 주체라고 인식하는 교만 또는 허상에서 벗어나 우리 스스로가 동성애자처럼 타자임을, 언젠가는 허망하게 죽음을 맞이할 나약한 존재라는 인식을 가질 때 비로소 타인의 성과 차이를 존중할 수 있다. 따라서 오늘날 동성애를 소수자의 '차이'로서의 삶의 방식에 대한 인정으로 수용하는 것은 관용과 포용의 시대적 요청이자 인간으로서 최소한의 윤리적 의무이다.

제4절 '멋진 신세계'에 '멋진 성형'은 없다

김형경, 『피리새는 피리가 없다』

1. 육체의 모순 : '숭배 되는 육체'와 '규제 받는 육체' 사이

'아름다움'은 '옵션'이 아니라 '생존'이다. 키가 작고, 못생기고, 뚱뚱한 여성들은 취업에 불이익을 당할 뿐만 아니라, 연인 및 백화점 직원들에게조차 무시당한다. '아름다움'이 곧 선으로 통용되는 현대 사회이기 때문이다. 아름답지 않은 여성들은 아름다워지기 위해서, 아름다운 여성들은 아름다움을 유지하기 위해, 다이어트와 성형 등 뼈를 깎는 고통 나아가 생명의 위협까지 감내한다. '미'는 소비 사회 및 후기 자본주의 사회의 이윤 창출 수단이다. 아름다움의 기준은 대중매체들이 규정한 이미지들에 의해 서구화·획일화·규범화되어 있다. 현대의 '비너스'는 신의 의지가 아닌 의학과 자본에 의해 '탄생'된다. 돈이 없으면, 아름다움도 없다. 따라서 '아름다움'은 단순히 개인적 '차이'를 넘어서 사회·경제·정치적 불평등을 반영한다. '숭배 받는 육체'로 인해, '규제 받는 육체'가 내면화된다. 육체의 '아름다움'은 '돈'으로 관리되는, 즉 후기 자본주의

사회의 지배 이데올로기의 수단이다. 현대 사회에서 '아름다움'은 개인
적 문제가 아니라, 사회 구조적 병폐이다. 김형경의『피리새는 피리가 없
다』는 주인공 조영숙이 가수로 데뷔하여 은퇴하기까지의 과정을 형상화
하고 있다. 이를 통해 작가는 아름다움의 이미지를 창출하기 위해 개인
신체를 관리 감독하는 상업 자본주의의 횡포를 고발하고 있다.

2. 성형, 성공을 향한 파시스트적 질주

언더그라운드 그룹 솔개바람에서 싱어로 활약하던 조영숙은 이건기획
의 사장인 이건후로부터 솔로로 데뷔하라는 제의를 받는다. 이후 조영숙
은 관리자인 남성 이건후로 대변되는 상업 자본주의 이데올로기에 의해
목소리와 키를 제외한 모든 부분의 성형을 강요받는다. 이건후는 성형을
통해 인간 조영숙을 현대 사회에서 소비 욕망을 불러일으키는 가상의 이
미지로 재탄생시킨다. 조영숙은 자신 스스로가 소비를 창출하는 이미지
가 됨으로써, 소비자의 소비 활동을 부추기고 성형수술을 부추기는 현대
사회의 시뮬라크르(가상현실)가 된다. 언더그라운드 가수로서 조영숙은
'가슴속에 들어앉은 응어리를 쏟아내기 위해' 노래를 불렀고, '몇몇 엘리
트에 의해 조작된 대중매체에 움직이는 세상'에 분노했다. 그리고 '그 불
합리함을 개선'하기 위해 대중문화산업에 뛰어들었다. 그러나 이미 타락
된 세상에서 타락한 방법으로 세상을 구하려고 한 조영숙의 혼의 방랑은
그 출발 선상에서 상업 자본주의의 논리와 방법에 굴복하였기에 그의 의
도는 모두 실패로 귀결된다. 기획사, 작곡가, 편곡자 및 녹음 엔지니어,
코디네이터 등에 의해 재탄생한 김서정은 대중문화산업 종사자들 각각
이 생각하는 이미지들의 부정합의 결정체가 된다.

이러한 부정합은 '굽이 10센티는 되어 보이는 푸른 구두'로 집약된다. 리허설 무대에 선 영숙은 사회자의 질문에 말을 더듬거리고, 어색한 노래에 춤을 기계적으로 춘다. 실내가 크게 울릴 정도로 피디가 조영숙을 몰아침에도 불구하고 조영숙은 작곡가, 안무가, 기획사의 의도 등이 서로 어긋나는 이미지라는 것을 생각하느라고 정작 노래와 춤에 집중하지 못한다. 결국 '헐렁해진 구두' 때문에 영숙은 주저앉으며 '차라리 잘됐다'고 생각하며 구두를 벗어 들고 무대를 내려서는 것으로 첫무대 데뷔에 실패한다. 자기 욕망의 실체에 대한 자기 검증이 없던, 자본주의 사회의 메커니즘에 대한 이해가 부족한 조영숙의 실패는 처음부터 이미 내정되어 있던 수순이었다. 조영숙이 솔로 가수로 데뷔할 것을 결심한 후, '구두를 벗어들고 무대에 내려서는' 행동만이 조영숙이 그동안 모든 과정에서 주체적으로 행한 유일한 행동인 것이다.

3. 성형, 현대 자본주의 사회의 이데올로기를 넘어서

여성이 한 인간으로서 사회적 성공과 자아실현을 통해 사회적 구성원으로서 안정된 정체감을 확립하려는 시도는 여성을 아름다운 외모를 가진 존재로만 한정짓는 상업 자본주의에 의해 장애에 부딪치게 된다. 대중매체에 의해 제시되는 육체의 시뮬라르크들은 다이어트 및 운동 등 정상적인 자기 절제와 통제로는 도저히 도달하기 힘든 육체적 기준들로 현실에 존재하는 실체가 아니다. 성형술뿐만 아니라 조명 및 거울, 카메라 렌즈 및 컴퓨터 그래픽 등 갖은 장비들에 의해 창조된 이미지들일 뿐이다. 그러나 상업 자본주의는 대중문화의 소비자들로 하여금 허상과 현실을 구별하지 못하게 착시 현상을 조장한다. 소비자들에게 성형이나 현대 장비에 의해 조성된 이미지들은 실제 현실로 인지될 뿐 아니라, 그들의 '잘 관리된 외모'는 궁극적인 성공과 자아실현의 표지로 인식된다. 그리하여 소비자들은, 특히 그들의 외모가 경쟁력과 밀접한 관련을 가지게 되는 여성들은 대중매체 속의 이미지들과 같은 외모를 선망하고 욕망한다. 현대 사회 여성들은 욕망의 성취를 위해, 궁극적으로는 사회적 성공을 위해 성형을 하고, 다이어트 및 운동을 통해 자신의 몸을 통제한다. 그러나 문자 그대로 '뼈를 깎는' 고통에도 불구하고, '미'를 향한 욕망은 지속적으로 환치되며 증폭된다. 정체성을 확립하고 자신감을 얻으려고 시작된 육체에 대한 통제가 오히려 정체성을 위협하고, 자신감을 상실하게 한다. 변해버린 자신의 모습에 만족하든 안하든 여성들은 일단 성형과 다이어트에 발을 내딛는 순간, 더 예뻐지기 위해, 그리고 표준화된 몸 즉 키 170cm에 45kg의 몸무게를 유지하기 위해 지속적으로 자신을 통제해야만 하는 늪에 빠지게 된다. 라캉의 지적대로 오직 죽음만이 자아의 욕망을 멈출 수 있다. 그 결과 여성 개인은 정체성의 혼란 및 무력감 그리고 경제적 손실이라는 문제에 직면하게 된다.

김형경의 『피리새는 피리가 없다』는 이러한 무력감과 패배주의적 의식의 산물이다. 김형경의 거의 모든 소설에서 나오는 주인공들, 특히 여주인공들은 비대한 자의식을 소유한 반면 행동은 언제나 소극적이고 수동적인 인물로 설정된다. 그리하여 대다수의 주인공들은 스스로의 문제를 능동적으로 대처하지 못해 낭패를 겪고 파멸된다. 그러나 김형경의 장편 『피리새는 피리가 없다』에서 설정된 조영숙이라는 인물의 패배의 원인은 단순히 개인의 내적 성향에 있지 않다. 작가가 인물 조영숙이라는 자아의 정체성을 혼란시키고 종국에는 그녀의 사랑까지 상실하게 하는 것은 조영숙 자신의 개인의 내적 성향이 아니라 이건 기획 및 대중문화 양산 메커니즘으로 대변되는 상업 자본주의라는 현대 자본주의 사회의 구조적 모순이라는 점을 분명히 하고 있다.

현 시대는 외모지상주의 시대이다. 성형의 일반화 및 일상화로 누구나 성형 미인이라는 사실을 더 이상 숨길 필요가 없게 된 시대이다. 이러한 사회적 분위기 속에서 성형은 더 이상 개인의 선택을 넘어서, 지배 이데올로기의 폭력이자 사회 구조적 모순의 한 표상이다. 따라서 성형 지상주의, 외모 지상주의에 대한 대안으로 개인의 자신감 및 정체성 회복만을 부르짖는 것은 해결책이 되지 않는다. 이는 사회의 구조 및 인식이 변하지 않는 한, 오히려 개인을 파멸시키는 결과를 가져올 지도 모른다. 우리들 각자는 관리 받는 대상에서 박차고 나와 스스로 삶을 향유할 당연한 권리를 찾아야 한다. 반 외모지상주의 운동을 통해 건강한 육체를 선호하고, 획일화 서구화된 외모가 아닌 개별적이고 개성적인 아름다움에 관한 인식 전환의 운동을 꾸준히 펼쳐나가야 한다. 이것만이 외모가 경쟁이 아닌 생존의 문제가 되어버린 사회에서 현대인들 특히 여성들이 살아날 수 있는 유일한 방책이다.

제5절 진정한 자유와 능동적 삶에의 의지

존 필미어, 〈신의 아그네스〉

1. 부정과 탈주, 자유를 향한 비상

어떠한 회의도 환멸도 없이 자신의 믿는 신념, 대상을 맹목적으로 추종할 수 있는 영혼은 과연 존재할까? 아무리 외부와 차단된 곳에서 하나의 이념만을 철저히 세뇌시켰다 하더라도, 틈새를 찾아내어 탈주를 감행하는 것이 인간 정신의 위대함은 아닐까? 그 탈주의 귀결이 비록 의도와 달리 비극으로 치닫는다 할지라도, 맹목의 세상에 부정의 몸짓을 상연한 행위 그 자체만으로도 '천명(天命)'을 실행한 것은 아닐까? 그 몸짓을 통해 난공불락의 세상에 균열이 생겨나고, 그 균열이 도화선이 되어 기존 가치는 몰락한다. 그 위에 변칙으로 변종된 가치가 이전보다 더 비대한 억압과 통제의 산물이 되어 인류를 지배한다 할지라도, 이미 보고 익힌 '부정'과 '탈주'의 정신으로 인류는 존재의 진정한 자유를 향해 비상을 꿈꾼다. 존 필미어 〈신의 아그네스〉의 등장인물은 원장수녀 미리엄 루스, 정신과 의사 마사 리빙스턴, 그리고 견습 수녀 아그네스이다. 이들은 각각 중세적 가치(원장 수녀), 반중세적 가치(닥터 리빙스턴) 그리고 우연적인 피투성(被投性) 인간(아그네스)의 전형이다. 〈신의 아그네스〉는 아그네스를 둘러싼 원장 수녀와 닥터 리빙스턴의 갈등과 대립을 통해 인간 존재의 진정한 자유를 추구한다.

2. 주도적 유토피아와 해피엔딩의 꿈

아그네스는 엄마(창조자)의 '실수'로 태어난 우연적 존재이고, 종국엔 엄마의 '실수'를 반복할 '실수투성이'의 부조리한 존재이다. 엄마는 '실수'의 고리를 원천봉쇄하기 위해 아그네스를 감금하여 외부와의 접촉을 차단한다. 아그네스의 엄마는 심지어 아그네스의 성기를 담뱃불로 지져버리는, 출산 능력을 제거하려 하는 가학행위조차 서슴지 않고 자행한다. 아그네스를 감금한 엄마의 죽음 이후 아그네스는 자신의 의지와 무관하게 또 다른 보호 감호소인 수도원으로 보내어진다. 견습 수녀인 아그네스는 수도원에서 '실수'로 아기를 낳았고, '실수'에 의해 아기는 죽은 채 아그네스 침실의 휴지통에서 발견되었다. 원장 수녀는 도덕과 법이라는 명분하에 경찰에 신고했고, 경찰은 닥터 리빙스턴에게 아그네스의 정신 감정을 맡긴다. 아그네스의 임신을 알았을 때도, 아그네스의 영아 살해 사실을 알았을 때도 원장 수녀가 걱정한 것은 오로지 '스캔들'과 그 여파이다. 임신도, 영아 살해도 종교가 지닌 도덕적 권위를 훼손하는 '틈새'이다. 이미 세속적 영역에서 지배력을 상실한 기독교이지만, 정신적 영역만큼은 '정신의학'으로 대변되는 근대 과학에 빼앗길 수 없는 기독교의 마지노선이다. 이미 모든 사실을 다 알고 있는 원장 수녀는 사실의 은폐를 통해 아그네스를 외부로부터 차단시키려 한다.

닥터 리빙스턴은 여섯 살 때 '아침기도를 드리지 않았기 때문에 교통사고로 죽었다'고 친구의 죽음을 모독하는 수녀로 인해 종교에 회의를 가진다. 또한 수녀가 되려던 친동생이 원장수녀가 믿음으로 치유하겠다고 방치한 결과 맹장염으로 사망하는 사건을 겪게 된다. 특정 종교적 삶의 형식과 개념이 개인의 삶을 종속시켜 결국 한 생을 죽이기도 하고, 또는 한 죽음을 모독하기도 하는 종교의 모순을 체험한 닥터 리빙스턴은 종교적 가치를 부정하는, '수동적 허무주의자', 즉 무신론자가 된다.

그러나 종교에 대한 그의 회의는 단순한 부정에서 그치지 아니하고, 스스로 자신만의 가치를 적극적으로 창조해 내는 '능동적 허무주의자'의 형태로 나아간다. 닥터 리빙스턴은 해피엔딩을 꿈꾸고, 기적을 갈망한다. 그러나 그 기적과 해피엔딩은 신의 은총에 의해서 주어지는 것이 아니다. '해피엔딩! 그것은 얼마나 당신이 그것을 절실히 추구하며 또 얼마나 절실하게 그것을 필요로 하는가에 달려 있다'라고 말하는 닥터 리빙스턴은 스스로 기적과 해피엔딩을 만들어야 할 것을 역설한다. 즉 신이 없는 세상에서 자신 삶에의 책임을 적극적으로 수용하기에 '보다 나은' 인간, 이곳을 '넘어 서는' '초인'이 되어야 할 것을 역설한다. 그녀는 그레타 가르보 주연의 영화 〈춘희〉에서 주인공 춘희가 폐병으로 죽을 것임을 알면서도, 그녀가 죽지 않기를 희망하며 몇 번이고 영화관을 찾는다. 영화의 귀결, 춘희의 죽음 즉 인간의 죽음은 언제나 이미 정해진 결말이지만, 그럼에도 불구하고 새로운 결말, '단독적 세계상'을 꿈꾸는 닥터 리빙스턴은 '유한자'이고 '피투성'의 존재의 한계를 벗어나고자 하는 '초인'이다.

'초인'으로서의 닥터 리빙스턴은 기존 가치의 희생자인 아그네스에게 애정과 연민을 가진다. 신의 은총과 기적이 아닌, 과학적 설명을 통해 그녀를 구원하기 위해 최면과 심리극 등 여러 가지 방법을 통해 진실을 규명하고, 과학적 가치를 넘어서 자신이 창조한 새로운 삶의 방식을 통해 아그네스를 '불합리하고 멍청한 망상'인 기독교의 굴레에서 해방시키려 한다. 기독교의 허위와 위선은 '스캔들'을 두려워하여 아그네스를 그 틀에 가두려 하지만, 닥터 리빙스턴은 아그네스를 새로운 가치, 기독교의 반담론인 합리적이고 과학적이며 명징한 세상, 그리고 그 한계까지 초월하여 기적을 스스로 일구어 나가는 세상과 삶으로 인도하려 노력한다. 그러나 종교의 장벽도, 과학의 합리도 아그네스를 구원하지 못한다. 결국 아그네스는 정신병원으로 보내지고, 그곳에서 결국 스스로 목숨을 끊는다.

3. '시작이 반'은 기적의 속성이다

니체는 '예술의 힘이란 확고한 개념과 가치에 동화되지 않은 채 우리가 지각하는 세계의 단독성(singularity)에 주의를 기울이게 하는 것'이라고 규정한다. 그럴 때 예술은 현재 제한된 세계와 삶을 초월하여 그 너머의 삶으로 나아가는 미래를 창조할 수 있음을 보여준다. 이런 입장에서 볼 때 존 필미어 〈신의 아그네스〉의 닥터 리빙스턴은 외부와 차단된 곳에서 하나의 이념만으로 철저히 세뇌당한 인간 아그네스를 억압으로부터 건져 내어 진정한 자유의 공간으로 이끄는 존재이다. 물론 아그네스가 자결함으로써 그의 시도는 성공하지 못한다. 그러나 사태의 결과와 무관하게 아그네스를 구원하고자 전력투구했던 그의 모습과 이미 완결된 영화 속의 결말, 그레타 가르보의 죽음에도 해피엔딩을 갈망한 그의 '부정'과 '탈주'는 시도 그 자체만으로도 우리에게 주어진 조건을 초월하여 새로운 가치 그리고 새로운 미래를 창조할 수 있음을 보여준다. 존 필미어 〈신의 아그네스〉는 진정 '정신의 연극'이자 '기적의 연극'이고 또한 '그림자도 있기에 더 강렬한 빛의 연극'이다.

푸른사상 교양총서 3

장치와 치장—문학, 사회와 개인의 변주

인쇄 · 2012년 3월 20일 | 발행 · 2012년 3월 27일

지은이 · 정해성
펴낸이 · 한봉숙
펴낸곳 · 푸른사상
주간 · 맹문재 | 편집 · 김재호 | 마케팅 · 박강태

등록 · 1999년 7월 8일 제2-2876호
주소 · 서울시 중구 초동 42번지 아시아미디어타워 502호
대표전화 · 02) 2268-8706(7) | 팩시밀리 · 02) 2268-8708
이메일 · prun21c@hanmail.net / prun21c@yahoo.co.kr
홈페이지 · http://www.prun21c.com

ⓒ 정해성, 2012

ISBN 978-89-5640-908-5 93810
값 15,000원